Magical Explorer 3

Reinc…
Her…

入栖
— Author
Iris

神奈月昇
— Illust
Noboru Kannatuki

マジカル☆エクスプローラー
エロゲの友人キャラに転生したけど、ゲーム知識使って自由に生きる3

「この学園に編入することになりましたぁ、聖結花です！
これからよろしくお願いします！」
聖《ひじり》 結《ゆい》花《か》
ゲームパッケージに映るメインヒロインであり、伊織の義妹。親しみやすい性格に見えるが……。

マジカル★エクスプローラー

エロゲの友人キャラに転生したけど、ゲーム知識使って自由に生きる３

入栖

角川スニーカー文庫

22268

Illustration：神奈月昇
Design Work：杉山絵（草野剛デザイン事務所）

Chapter Select 目次

Magical Explorer 3

Illustration: 神奈月昇
Design Work: 杉山絵（草野剛デザイン事務所）

Reincarnated as a Eroge Hero's Friend, I'll live freely with my Eroge knowledge.

瀧音幸助《たきおとこうすけ》

ゲーム『マジエク』に登場する友人キャラ。しかし中身はエロゲが大好きな日本人。特殊な能力を持っている。

リュディ《リュディヴィーヌ・マリー＝アンジュ・ド・ラ・トレーフル》

エルフの国『トレーフル皇国』皇帝の次女のお嬢様。ゲーム『マジエク』パッケージに写るメインヒロイン。

水守雪音《みずもりゆきね》

『マジエク三強』とも呼ばれる、公式チートキャラの一人。風紀会の副会長を務める。

花邑毬乃《はなむらまりの》

ゲームの舞台となるツクヨミ魔法学園の学園長。ゲームではあまり登場せず、謎の多い人物だった。

花邑はつみ《はなむらはつみ》

花邑毬乃の娘で瀧音幸助のはとこ。基本的に無口で感情があまり顔に出ない。ツクヨミ魔法学園の教授。

クラリス《クラリス》

リュディのボディガード兼メイドのエルフ。真面目で主人に忠実で失敗を引きずりやすい。

聖伊織《ひじりいおり》

ゲーム版『マジエク』の主人公。見た目は平々凡々。だが育てればゲームで最強のキャラになった。

加藤里菜《かとうりな》

『マジエク』ゲームパッケージに映るメインヒロイン。勝気な性格で貧乳を気にしている。

ななみ《ななみ》

ダンジョンマスターを補佐するために作られたメイド。天使という珍しい種族。

Character キャラクター

Magical Explorer 2

モニカ

モニカ・メルツェーデス・フォン・メビウス

『生徒会』の『会長』を務める。『マジエク三強』の一人で、ゲームパッケージに映るメインヒロイン。

ステフ

ステファーニア・スカリオーネ

『風紀会』の会長職『隊長』を務める。法国の聖女。美しく心優しいため、学園生から人気があるが……？

ベニート

ベニート・エヴァンジェリスタ

『式部会』の会長職『式部卿』を務める。学園生から嫌われているが、エロゲプレイヤーからは人気が高い。

Dictionary 用語辞典

Magical Explorer 2

三会

学園内で大きな権力を持つ生徒会、風紀会、式部会の総称。入会できるのはごく一部のエリートのみで、会員は実力者揃いである。

生徒会

学園祭や魔法大会なんかのイベントを計画実行する組織で、生徒達の模範になっている。

—

所属メンバー　会長：モニカ・メルツェーデス・フォン・メビウス／副会長：フランツィスカ・エッダ・フォン・グナイゼナウ

風紀会

学園内の風紀を守る為に活動している組織。暴力的な問題事があった際には主に風紀会が動き解決に導く。

—

所属メンバー　隊長（会長職）：ステファーニア・スカリオーネ／副隊長（副会長職）：水守雪音

式部会

生徒会の活動に関しての監査や不信任案を出す事が出来る組織ではあるが、実際に活動しているかは不明。

—

所属メンバー　式部卿（会長職）：ベニート・エヴァンジェリスタ／式部大輔（副会長職）：姫宮紫苑（ひめみやしおん）

一章　水守雪音の葛藤

▶ » « CONFIG

Magical Explorer
Reincarnated as a Eroge Hero's Friend, I'll live freely with my Eroge knowledge.

—雪音《ゆきね》視点—

挨拶《あいさつ》を交わしながら学園内を歩いてみれば、そこには変に注目を集める男性がいた。

身長より長いであろう赤いストール。それを地面に付かないようふわりと浮遊させ、学園内を闊歩《かっぽ》していれば、思わず二度見してしまうのは仕方ない。そんな彼のすぐ斜め後ろに銀髪の美しいメイドが控えていれば、それはもう見てくれと言わんばかりである。

彼の集める視線は良い物ではないし、また集める声は黄色い声援などでもない。

「なんで学園に居るんだ？」

「やる気がなければ来なくて良いのに」

辺りから聞こえる誹謗《ひぼう》中傷。

私の調べた限りではこの声の主な発信源は、リュディの近衛騎士隊《ファンクラブ》『ＬＬＬラブラブリュディヴィーヌ様』が大本となっているようだ。

人とは結構単純で、何かしらの噂が流れれば大なり小なり、偏見や何らかのフィルターをかけて見てしまう。今回の場合では瀧音《たきおと》に対して『劣等生』『素行不良』『軽薄男』といった噂が最初に流れたため、それらのフィルターがかけられた。

そしてフィルターがかけられた状態だと、その『劣等生』等を強調して見てしまう。フィルターのせいで強調されるのだ。

残念なことに、そう見えることは仕方ない。だって瀧音は見方によっては劣等生であり、素行不良であり、軽薄男に見えるからだ。

そしてそう受け取ってしまった人達は思うだろう。本当にそうだったと。残念なことに真実が違っていたとしても、大多数の人がそう思ってしまえば、それは本当になってしまう。つまり、瀧音は『劣等生』なのだ。

特に瀧音を嫌悪しているのは大本でもあるＬＬＬ。劣等生である彼がリュディと仲が良いことが許せないのだろう。一応、ＬＬＬメンバーの中には「リュディ様のご意思を知り尊重すべきだ」と言う者もいるらしいが、それは少数派だ。

前に居る彼もＬＬＬのメンバーなのだろう。

「やはり直接言ってしまおうか？」

眉間《みけん》に皺《しわ》を作りながらそう言うと、取り巻きのような二人の男性は神妙な顔で頷《うなず》く。

彼らが誰であるかは分からない。しかしなんとなくだが、発言した彼がどこかの国の貴族であることは察せられた。

学園生は国籍や身分に関して、なんら影響を及ぼしたりせず、平等であると謳《うた》っている。そのため貴族や王族といえど権力を振りかざすことが出来ない。

表向きは。

だが必ずしもそうであるとは限らない。もし同国貴族で元々知り合いであれば、上下関係が初めから出来ているし、聖女や皇女といった雲の上のような存在には、どうしても色眼鏡をかけて見てしまうこともある。三会という例外もあるが。

この学園ではあまり多いわけではないが、貴族は人によって非常に我が強い。自分の思い通りに話を進めようとしていてそれが通らないと怒り、場合によっては嫌がらせをしてくることもある。それは今回の瀧音への対応によく当てはまる。

彼らの場合は瀧音に向ける視線。そして発言。また直接瀧音にリュディから離れろと言う者すらも現れ始めたらしい。ちょうど瀧音へ何か言いに行った彼のように。

どうせだったら決闘してしまえばいいとすら思うが、一年生の決闘解禁はまだ先だ。まあ決闘してしまえば、瀧音が圧勝してしまうのは目に見えている。それはそれで逆に怒りを買う可能性がありそうだ。しかし周りがどう思おうとも、瀧音は瀧音だ。

私は知っている。瀧音が信頼に値する誠実な人間であることを。深く付き合えば付き合うほど彼に惹《ひ》かれて行くであろうことを。

瀧音が少し呆《あき》れた表情でななみに何かを言っているとき、先ほどの貴族が近寄って行く。

瀧音はチラリと彼らを見たが、気にせずななみと話していた。そして貴族に声をかけられる。何かあったら一応割って入ろう。そう思ったが無駄だった。

瀧音は目でななみを制すると、普段のヘラヘラした顔で彼らと話している。貴族達は初め怒り心頭だったものの、やがて落ち着き、悪態をつきながら瀧音達のもとを去って行った。

そして何事もなかったかのように、瀧音はななみと何かを言い合い始めた。多分いつものように二人で漫才でも繰り広げているのだろう。

「なら目玉焼きはどうなるんだよ？　そうしたらやっぱり醤油《しょうゆ》なんだよなぁ」

「確かに醤油も捨てがたいですが、普段使いは『ななみスペシャル』でしょう」

「ななみスペシャルってなんだよ。ななみスペシャルって」

「ななみスペシャルをご存じない⁉」

「ごっっ存じねぇよ！　さも当然とばかりに言うけれど、欠片《かけら》もわかんねぇんだよなぁ」

私が彼らのもとに近づくと、瀧音とななみはこちらに顔を向け笑みを浮かべた。

「あれ、先輩っ？」

「ごきげんよう、雪音様」

そう言ってななみは瀧音には見えないようになにやらタブレットのような物を取り出した。そこにはななみスペシャルについて書かれていた。また、話を合わせて欲しいとも。

ななみが何を言いたいか分かった。瀧音には少し悪いが、ここは一つななみに乗ろうと思う。

「たしか特製のななみエキスを一晩熟成させた物に、香辛料を加えた物をななみスペシャルと言うんだったな」

「なぜ先輩が知っている!?」

その反応に思わず笑ってしまった。私も知らないに決まっている。

「てかななみエキスってなんだよ、しじみの仲間かな!?」

「そんな……私《わたくし》に言わせるんですか」

「なんで照れてるんですかね………？」

確かにななみエキスとはいったい何だろうか。いや、聞くのはやめておこう。これ以上瀧音を混乱させなくてもいい。

「まあ、それはいいんだ。瀧音は朝ぶりだな、ななみはこんにちは」

風紀会の私が彼に近づいたからだろうか、視線は更に増えたような気がする。私は二人を促して、歩き始めた。

「さっきは彼と何があったんだ？」

そう問うと、瀧音はどうでもよさそうに、ああと相づちを打つ。

「面と向かって言われましたよ。リュディ様に悪影響だって」

彼は肩をすくめながらそう言った。

予想できていたが、どうやら瀧音は面と向かって色々と言われたらしい。曰《いわ》く、授業態度は最悪、午後授業には出席しない、学園で自由にしているだとか、ここはお前の家ではないとか。真面目に勉強している人に迷惑だ、とか。

「瀧音はそれを聞いてどう思う？」

「確かに一部はその通りだなって思いましたよ。午前授業も午後授業もサボってますからね。まあ、だからといって他の人の迷惑になるような行動はしていないつもりなんですけどね」

「まったく、被害妄想甚だしいですね」

ななみの言うとおりだ。

「でも、リュディ次第ですよ」

瀧音は言葉を続ける。

「リュディが本当に嫌がっているならもちろん俺は近づきません。ただ俺はリュディの事を信頼していると同時に、彼女も信頼してくれている気がするんですよね」

リュディが瀧音を信頼しているか？　それは聞くまでもないことだ。

「それは私が保証しよう」

「もちろんそれは先輩もですよ？」

「信頼か……瀧音はたまに暴走するときがあるからな。リュディの件とか」

冗談めかしてそう言うと瀧音は苦笑する。

「無論、冗談だ。それを含めても私は瀧音を信頼しているからな」

そう言うと、歯を見せ嬉《うれ》しそうに笑う瀧音。その様子は凄《すご》く可愛い。

瀧音は普段はどこかチャラい印象を受ける。格好もそうだが基本はヘラヘラ笑っている。

しかしここぞというときには真剣な表情になるし、なによりとても頼りになる。

「ああ、先輩」

瀧音はそう言って私を見るとニヤリと笑う。

「準備は整いつつあります。これから先輩が心から驚くような事をしでかすんで」

私が驚くような事をしでかす？

「正直に言うと、結構キツいことなんです。失敗するかも知れません、それくらい難度も高い。でもどうしても必要な事で、必要な物なんです。今こんな状況になっているのもそれのせいだと思ってます。だから、見ていてください」

彼はそう言って自分の胸を叩《たた》く。

「今後の俺を、世界最強に至る俺を」

そう言って彼は笑った。

何をしでかそうとしているかは分からない。聞いてもなんだかはぐらかされそうな気がする。

そして彼は失敗するかも知れないと言った。しかしなぜだろう。私には彼が失敗する未来が見えない。

彼を支えるのは家族である花邑毬乃《はなむらまりの》学園長、花邑はつみ先生。そしてリュディ、ななみ、クラリス殿。環境に恵まれ自分の才能を理解し愚直なまでに努力する彼を見て、私には成功する未来が見えた。まぶしい、光が差しているように見えた。

彼とななみは二人、校舎とは違う方向へ歩いて行く。

その姿を見て、ふと思う。いつもと同じように見えるのに、なぜか二人の距離が近づいているような。ななみと瀧音に何かあったのだろうか。なにか目に見えない信頼が二人から見て取れた。

「世界最強、か」

そのまま彼らを見送っていると、不意に姉の姿が浮かび上がる。

『私は天才じゃないわ。そんなに私を天才にしたいならば、認めなさい。雪音、貴女《あなた》も天才よ』

瀧音と話しているせいだろうか。最近よく姉の事を思い出す。

『貴女は誰よりも強くなれるわ。信じて、自分を。この世界で一番になれると思っている。だから目指して』

「私の代わりに……か」

二章　それはピンクの爆弾

　エロゲの主人公と言えば輝く学生生活を送れる事が多い。

信頼できる友人、慕ってくれるヒロイン、成功が約束されたストーリー。そりゃあ沢山のユーザーが求めているのはそういう幸せな物語だから、そうなるのは決まっている。

　エロゲの友人キャラはどうか？

必ずしも幸せであるとは言いがたい。しかしそれは行動次第で変わるのではないかと思っているし、それは主人公と同じ条件であるとも思う。

　さて現状はどうだろうか。

よく分からない貴族に絡まれ、脅しを受けることもあれば、一部の生徒達に目の敵にされることもある。

　しかしどうしても強くなりたかったから、手に入れたい物があったから、この行動は仕方ないと言える。だからある意味で予定調和なのだ。

目的を考えれば、周りの視線などどうでも良かった。変な奴に絡まれるぐらいは、問題無い。どうせ俺の行動で注目を集めるであろう事は分かっていた。遅いか早いかの違いである。

　こんな風評が立っても気分は晴れやかだ。

　順調である。もう順調すぎて高笑いできそうなくらいだから。

　それだけではない。とても充実していた。単純な充実度合いなら、世の中のエロゲ主人公に負けていない、そう思えるぐらいに。

　ななみも協力してくれていることが非常に大きい。言わずとも率先してこなしてくれるから、予定よりも早く物事が進んでいる。ただ今回みたいに一緒に居られないと文句を言われるが。

　直近に起きる出来事のフラグは立てた。では次にしなければならない事も考えなければならない。

　そう考えながら図書館へ向かっている最中だった。

「もぉう、どうして来てくれないの!?」

　後ろから叫ぶように声をかけられたのは。

　そこにいたのはストロベリーブロンドの小柄な女性だった。それも垂れ目と泣きぼくろが非常に可愛らしい上に、声まで最高なアロマセラピーな女性である。

「る、ルイージャ先生？」

突然どうした？　と疑問をもつのは仕方がない。だが魔法第三研究所に場所を変え、事の経緯を聞かせて貰《もら》えば貰うほど納得し、むしろ悪いことをしたなぁ、と罪悪感が募る。

どうやらルイージャ先生は俺と一緒に「がんばろぉー！」した後に、この体質について色々調べてくれたらしい。しかし一向に午後授業に来てくれない事を姉さんに愚痴っていたら、なんと俺が姉さんと親戚《しんせき》かつ同居していることが発覚したとか。

「はつみは私の後輩だったの！　一緒にダンジョンに潜ったわぁ」

目尻《めじり》を下げ懐かしむように先生はそんな事を言った。

カワイイ先生と二人っきりで個人レッスン……いや個人授業……あれ、なぜエロく聞こえるのだろうか。

「そうだったんですね」

「そうよぉ！　あれ、はつみに聞いてない？」

そういえば学園での交友関係って聞いてないな。とても失礼なこと言うと、友人関係広くなさそうだから……聞いたらまずいのかなとも思っていた。姉さんから知り合いと出かけるって事を聞いたことが無い。

「そもそもですけど、姉さんあんまりそういうこと喋《しゃべ》らないし」

そうねえ、と苦笑いで頷《うなず》く。

「でもはつみにしては饒舌《じょうぜつ》に瀧音《たきおと》君の事話してたわよ？」

饒舌に話す姉さんを想像出来ない。

「ホントだってばぁ」

どうやら顔に出てしまっていたらしい。てか、姉さんのことを話すのも良い。姉さんについて知れるから良いんだけどさ。俺はそれよりも非常に気になることがございまして。

「あの、そろそろコレの説明を頂けないでしょうか？」

そう言って俺は指を差す。

細長い管のような物の先に、吸盤のようなものが付いている。一応心電図でも測るかのような装置にも見えなくもない。ただ、なんて言うんだろうか。管とつながっている機械が、悪魔との契約に使いそうな形をしているからか、そこはかとない不安に襲われるのだ。

「これ？　見て分かるでしょ？　魔力計測器です」

分かりません。いままで花邑《はなむら》家や魔具を販売している店でいろんな物を見てきました。しかし全く分かりません。

「じゃあコレはなんですか」

俺は機械の側面から伸びる、羊の頭に生えているような巻き角を指差す。

「それは角です」

そうじゃないんだ、それは見れば分かる。俺は英語の教科書みたいなことをしたいんじゃない。それがなんのために付いているか知りたいんだ。

「じゃあなんで角が付いてるんですか」

「分かりません」

　思わずしゃがみ込みながら頭を抱える。俺は鋼の意思で立ち上がり、問題を置いておいて次の疑問に移ることにした。

「ここ、機械にディスプレイがあるのは分かります。その下辺りにあるキーボードのような物にドクロマークみたいなのが大量に付いている上に、いくつかのスイッチがオンになっているのはなぜでしょうか？」

「私にも分かりません」

「急用を思い出しました」

　と身を翻す俺の肩を、ルイージャ先生はがっちり掴《つか》む。

「まってくださぃぃ。今日予定が無いことは、はつみに確認済みですぅ」

　姉さーん！　ねぇぇぇぇえええええさあああぁぁぁあん！

「大丈夫です。最初見た時私も不安に感じましたが大丈夫です。ええ、学園でも一目置かれる天才発明家から借りたので大丈夫です。大丈夫ったら大丈夫なのです。多分」

　まるで自分に言い聞かせているようにしか聞こえないんですが。それに最後に聞き流せない単語がある。

「ルイージャ先生、これ試運転したんですか？」

あからさまに目をそらさないで頂きたい。

「……ちなみにこの機械の発明者は？」

「多分知らないかも知れませんが……アネモーヌさんです」

俺は思わず顔をしかめる。そして先生の肩に手を乗せて首を横に振った。

「先生、悪いことは言いません、返品しましょう」

アネモーヌはマジエクを進める上で、必ず仲間になるサブヒロインのエルフだ。そしてマジエク内において、トップレベルの辛《つら》い過去を持つ人物の一人である。

彼女は確かに天才である。それは揺るぎようのない事実だ。彼女は紳士淑女《エロゲプレイヤー》達から、マッドサイエンティストを捩《もじ》って、『エッロサイエンティスト』や『マッゾサイエンティスト』と呼ばれており、人気投票でも上位に位置するキャラクターだ。俺達紳士は彼女と彼女の発明品に幾度となくお世話になり、尊敬の念を以《もっ》てそうお呼びしている。

しかし現実の紳士《エロゲプレイヤー》達は彼女の評価を数段階上げるだろう。彼女自身がカワイイ事もあるが、なにより開発する物は大抵素晴らしいからだ。

だがその発明品は男が使っても意味を成さない。まあ男が好きな人にはご褒美かも知れないが。やはりここは。

「先生が使ってみるべきでは？」

正直に言いましょう、見たいです。

しかし先生は少し引きながら無理ですと呟《つぶや》いた。

「なんだか嫌な予感しかしないんです……そもそも君の体質の事を簡単に相談したら、それを貸し出してくれたんです。だから君用の物なんです。私用のではないんです。それに結果を報告すれば、以前の事は誰にも話さないって言うから……」

　さて、なにやら不穏な言葉が聞こえたような？

「ほう、誰にも話さない？」

「はぇっ」

と先生は俺から目をそらす。そして小さい体をさらに小さくしながら、もじもじしていた。

　お前教師だろ、なんで生徒に弱み握られてんだよ！　と言いたいところだが、そういえば先生は弱みを握られてそうな設定だった。むしろマジエク主人公は先生の弱みを握る。

「……分かりました。使いましょう……でも洗いざらい吐いてください」

「え、そ、それはちょっと……」

「誓って悪いようには致しません」

「じゃ、じゃぁ……」

「それがダメなんだよぉぉぉお！」

と、思わず頭を抱えた。

「先生は今一度だまされました。何が悪いかおわかりですね？」

ゲームでルイージャ先生との関係が進展するのは、ルイージャ先生の授業を選択した場合ではない。フラグを立てるため、一度は出席しなければならないが。

彼女と出会うのはエッチなお店である。

瀧音に「エッチな店行こうぜ」と言葉を濁さず直球で誘われた伊織《いおり》は、一緒にとある店に行く。まあ選択肢で行かないこともできるが、紳士淑女なら迷わず行くだろう。

そこで初出勤の先生と邂逅《かいこう》する。ちなみに瀧音は店の人に失礼な事をして叩《たた》き出されているため、先生と接触はしない。エロゲ主人公の友人としてほぼ満点の行動だと思う。

「はい……」

ゲームでのルイージャ先生はお金に困ってこのバイトを始めたとのことだ。詳しくは明かされないが、主人公がゲーム一周目では終盤まで渡せないくらい大量の金を渡すことによって、これを解決に導く。また同時に金という弱みを握られた先生は、主人公の手足みたいな感じになる。今にして思えば、金で解決ってかなりの力業だよな。

もし先生が紳士達からとても人気であれば、パッチで物語が追加され、金に困った理由が明かされたのであろう。しかし残念な事にさほど人気は出なかった。俺は声を当てている人のファンだったこともあり、とても好きだったんだが。アラサー設定がダメだったのだろうか？

「なんとなく察せました。でもやっぱり色々吐いてください」

「えぇ、察してくれたんじゃぁ」

アナタがほっとけないからですよっ!?

と睨《にら》みつけると、先生は体を小さくした。

「ご、ゴメンなしゃい」

「まあいいです。とりあえずさっさとアネモーヌ先輩の機械を動かしてこれを片付けましょう。その後は」

分かってるよな、と先生を見る。

「は、ハイ……えっ、機械を動かしても良いんですか？」

「アネモーヌ先輩なんて一番弱みを見せちゃいけない人物ですよ」

女性なら特に。男性はまあ、犬扱いされたいと思う人もいるだろうし何も言わない。

「本当に良いんですか？」

と信じられない物を見る目で俺を見てくる。そんな目するのなら、最初から機械使おうとするなと思ってしまうが、仕方ないだろう。

俺は吸盤みたいなのをつけるため、ストールを外すと上着を脱ぐ。そしてワイシャツを脱ぐと先生は感嘆のため息を漏らした。

「はぇぇ、すっごぉぃ……」

とボディビルダー程ではないがそれなりに引き締まっている体をさわりだす先生。最初はおそるおそるだったが、今は手つきが大胆だ。

「先生、早く準備を……」

「は、はい。今すぐ！」

と慌てて説明書らしき物を取り出してそれを見ながら、準備を進める。が、俺は説明書を見て小さくため息をついた。

「……ズボンも脱ぎますね？」

「お、お願いします」

と、俺がベルトを緩め、ズボンに手をかけ一気に下ろす。ふと見れば先生は両手を顔に当て、指の隙間から俺を見ていた。

流行《はや》ってんのかな？　学園教師の間では手の隙間から裸体を覗《のぞ》くのが今の流行なのかな？　そもそもだが、先生アラサーなんだからいちいち男の半裸でうろたえないで頂けないですかね。もしや俺がイケメン事務所クラスの美男子である可能性が微レ存？　いやないか。

「先生、早くして欲しいんですが……」

「ご、ごめんなさい……キャッ」

と先生は何もないところで躓《つまず》くと、勢いよく俺に突撃してきた。俺は先生の体を受け止めるも彼女の手は俺の大切なところに……。

「はわ、はわわわわわ」

「おうふっ」

なんだろうこのご褒美。いろんな意味でヤバイから早く退《の》けてくれ。

「ご、ごめんなさいぃ」

気を取り直して俺は体に吸盤のようなものをつけていく。そして全てつけ終わると、先生に頼み、装置を起動した。


「……だ、大丈夫ですか」

俺から数メートルほど離れた場所から、先生は声をかけてくる。

「大丈夫か、大丈夫でないかなら、身体的には大丈夫ですが、精神的には風前の灯火《ともしび》ですね……」

「ご、ごめんなさい。で、でもデータはある程度取れましたから……！」

「機械ぶっ壊れましたけどね」

角と角の間からぷすぷすと煙を上げるその機械を見ながら、大きくため息をつく。

エッロサイエンティストの作品は、やっぱりろくな物ではなかった。思い出したくもない。ただ、ルイージャ先生が使用していたら、機械ではなく俺の股間《こかん》も爆発していたことだろう。

「うーん。瀧音君のアレを見る限りでは、魔法として具現化する前に阻害されているように感じますね。もしくは何かしらに邪魔をされている？」

「解決の糸口になってくれれば良いんですが」

と俺はため息をつく。先生は顎《あご》に手を当て、あと気になる事はと呟く。

「瀧音君はよくこれだけの魔力を内包出来ていますよね？」

「確かに、この身体に収まっているのが不思議なくらいですね」

「じゃあ、一般とは内包量が違うのではなくて、根本的に違う場所に保持されている？　だとしたらはつみが提言する魔力の異次元蔓延《まんえん》論と異次元保存論の信憑性《しんぴょうせい》が増すんだけど。しかしそれだとファウストが提唱し幾人かの学者が一部を証明をしている空間微粒子魔力論によって出来ている魔素が……」

と、ぶつぶつ何かを呟く。

「それらは案外どちらも正しいかも知れないですね」

と俺が適当に呟くと、

「それを証明すれば、歴史的大発見になりますよぉ……」

と真剣な表情で返された。

まあそこらへんは俺の専門外だから何も言えないが。まあ、それは後で考えてもらおう。

さて、それはそれとして。

「じゃ先生。約束、守ってもらえますよね？」

ぽんと肩に手を乗せ笑顔でそう言う。先生は油を差していない機械のようにギギギと顔を動かすと「話さなきゃダメですか？」と言うがもちろん決まっている。

「ダメです」

先生は観念したように地べたに正座する。そして震える手で服の裾《すそ》を握りしめながら語り出した。想像出来ていたが、大本の原因は金だった。

先生曰《いわ》く、なんだかいろんな借金やら税金やらでお金がなくなってしまい、エッチな店でアルバイトを始めようとしていたのをエッロサイエンティストに知られてしまったらしい。黙って貰う代わりに言うことを聞く体で、今回の惨状が起きてしまったとか。どうしてなんでもするって言ってしまったんですかね。

まあエッロサイエンティストの被害を受けたのは主に俺だが。

「てか、実はだまされていて、借金やら税金やら払いすぎだったりするんじゃないですか？」

簡単に聞いた程度だから断言できないが、金利もおかしそうだし、日本だったら免除されそうなものも払っていそうなのだが。この世界はやはり日本と違うのだろうか？　いや、やっぱりこれは払いすぎだと思う。

「ええと、でも業者の人が……」

「ちゃんと契約書を確認したんですか？」

と、先生に聞けば聞く程思うのだが、やはり払わなくて良い物を払っている気がする。むしろ勘違いして払うように誘導している奴すらいそうな気がする。あれほど信じやすい先生ならだますのもたやすいのだろうか。絶対金額膨らんでるよなぁ。

「どうしてこうなるまでほっといたんですか？」

「ええと…、そのですね」

「……アナタ何歳ですか？　社会に出て何年ですか?!」

「ひっ」

　半泣きの先生の顔を見て思わずため息をつく。そりゃ泣きたくもなるよなぁ。教え子にお金のことで説教されてるんだもん。

「す、すびばせん」

　正座したまま俯《うつむ》く先生に思わずため息をつく。そりゃゲームで大量に金を必要とするわけだ。ここまで知ってしまったし、最後まで責任持つかぁ。

「先生の家に案内してください」

「い、家って……ま、まさかぁこの弱みにつけこんで私にナニかするつもりですかっ⁉」

「……何か大きな勘違いをしているようですね」

「はわ、はわわわ、その……」

　めんどくせぇ！

「……家にある通帳とか借用書とかもろもろ全部出してください！」

　俺はスマホを取り出すと、この世界で一番連絡を取り合っている人物を表示する。それは女性であり、子持ちのママである。

「あ、毬乃《まりの》さん？　お願いがあるんだけど、ちょっと税理士と弁護士を紹介して欲しいんだ……」

　さすがの毬乃さんもその言葉には驚いたのだろう、ほえーと呆《ほう》けた声を出していた。あなた何歳ですか。


　結論から言うとルイージャ先生の借金は、解決とまでは行かなかったがかなり減らすことが出来た。

　その金額は驚きだった。毬乃さんの紹介してくれた税理士さんは苦笑するどころか、開いた口がふさがらなくなっていたし、俺は嘔吐《おうと》を催すレベルだった。

　ルイージャ先生は「毎月払える安心返済計画で組んでくれた」なんて言っていたが、その返済計画もヤバかったし、そもそもだまされていた。宝くじでも当てなければいずれ破《は》綻《たん》する計画である。

「よく臓器を売らずに済んだものです」

弁護士が真顔で言っていたのが印象に残っている。ちなみに実力ある魔法使いの臓器はとても高い値で売れるらしい。ナニに使うんですかね。

何個かヤバイとこがあったが、弁護士が出向く事である程度解決した。一カ所強面《こわもて》の兄さん達の所に俺が出向く必要があった（とても恐かった）が「花邑幸助《こうすけ》です、花邑家は戦う準備が出来ています（法律＆物理）」と言うだけで済んだ。さすが天下の花邑家である。ちなみに俺も相手も足を震わせるという不思議な絵面だった。

電話で弁護士達から報告を聞いた毬乃さんと俺は、彼らとの通信を切った後、同時に深いため息をついた。

「残った借金なんだけどね、花邑家で全額引き取ることにしたわ」

顔に疲れが浮かんでいる。毬乃さんは高そうな革張りの椅子に体を沈めると、冷めてしまったコーヒーに口をつける。

「これ以上無く安心できる借金先ですね……」

毬乃さん曰く、この全身アロマセラピー《借金持ちアラサー》は魔法使いとしては一応実力者らしい。

「全くもう……そこら辺の講師だったら、学園に被害が出る前に放逐していたわ」

「当然ですね……」

学園としては当たり前の処置である。もしであるが、ルイージャ先生がツクヨミ魔法学園講師という社会的地位と金を稼ぐ場を失えば、その先は……想像するまでもないな。

それにしても、毬乃さんが一切ふざけることなく真面目に対応していたことから、この件のヤバさがうかがえる。あの姉さんの夜景ディナーでさえ、ボケをかますことが出来るっていうのに。

「あんなボロアパートに住んでいた理由がようやく分かったわ。すぐにウチ管轄のマンションに引っ越しさせて、変なのが上がり込まないようにしました。マンション代と借金は給料から引かせて貰います。格安で提供する予定だけれど、よっぽどの事をしない限り借金返済には十年かかるわね」

「まあ、当然ですね」

あの金額が十年で返済できるまでになったのかぁ。マジで良かったな。それと先生のアパートだが、毬乃さんが言う程ボロくはないと思う。給料から考えれば、明らかに安アパートではあるが。

「それでねぇ、彼女の管理者が必要だと私は判断しました」

「まあ、当然ですね」

あれだけのことをしといて、誰かの管理下に置かれないとか不安すぎる。何よりもだまされやすいからな。お給料制じゃなくて、お小遣い制にした方が良いだろう。欲しいものは借り入れせずにお小遣いを貯めて買いなさい。あれ、彼女の年齢って……。

渋い顔をしていた毬乃さんはにっこり笑うと、俺の肩に手をぽんと乗せる。

「じゃぁコウちゃん。借金の取り立てと管理は任せたわよ」

「当然ですね…………」

そうだよな、やっぱり管理する人は彼女の近くにいる学園生であり、ゲームで幾度となく彼女にお世話になった真の紳士たる俺が……ゑ？

「……ゑ？」

「うん♪　そう言うと思って名義を色々変えておいたから」

「まてまて、待ってください」

思考が追いつかない。え、俺がアレ管理するの？　俺はあの学園の生徒で、アレは学園の先生だぞ？

「大丈夫、マンションの名義はコウちゃんにしといたから♪　もちろん建物全体ね」

「そっかぁ、それなら大丈夫ですね！　ってなるわけねぇダルルォ!?」

一部屋ならまだしも、あの高級マンション全部なんて数億どころじゃないぞ!?　前世の俺が一生かけたって稼げねぇ！　てかね、それは今は置いといて良いよ。

「大丈夫、彼女は魔法使いとしてはすごく使えるわ。首を切るつもりは無いし、給料はしっかり払うから」

「あのですね、借金の心配ではなく倫理的な心配のほうが強いです！」

「そっちも大丈夫よぉ、コウちゃんへの絶対服従を言い含めておいたし。覚悟は出来てますって言葉も出させたから」

「ほっ、それなら安心……じゃねぇよ！　より危険になったじゃねーか！」

出させたって、追い詰めてるよね？　金に物言わせて追い込んでねぇか？

「まあ、冗談は置いておいて、取り立てと管理は任せたわよ」

「そこを冗談だと言って欲しかった」

　一番重要なことが本当だったらしい。俺は体をソファーに埋めると、深くため息をついてコーヒーを口に含む。叫んだこともあり、喉がからからだ。

「そういえば、土曜日は皆で初心者ダンジョンに挑むんでしょう？」

「その予定だけど」

　リュディから真剣な顔で「どうして短期間で強くなったのよ」と聞かれたので、ありのまま「初心者ダンジョンで修行したんだよ」と話し「リュディも来るか？」と誘ったところ、呆けた顔で頷いたのだ。ちなみに水守《みずもり》先輩と姉さん、クラリスさん、ななみまでもが一緒に行くことになって驚いた。まあ皆を連れて行きたかったから、手間が省けたと言うべきか。

「そのことでお願いがあるの」

「お願い？」

「初心者ダンジョンに関するなんらかの秘密をコウちゃんは知ったのよね、それを少しの間だけ関係者以外に口外しないで欲しいの」

　思わず顔をしかめる。どうして口外しないでという言葉が出てきたのだろうか。それも命令ではなくお願いの口調で。

「……毬乃さんは十一層の事を知ってたんですか？」

「いいえ、知らないわ。そもそも十一層なんて今初めて知ったもの。あそこは十層ではないのね」

　真顔でそう話す毬乃さんに、どう反応していいのか分からない。

「リュディ達に話してしまったんですけど……」

「彼女達なら良いわ、信頼しているし」

　毬乃さんは十一層の事を本当に知らなかったのだろうか？　分からない。分からないときは視点を変えよう。では知っていたとして、それを今この場で隠す必要があるだろうか？　利点は？

　個人的には無いと思う。

「……べらべら話すつもりもなかったけれど、聞かれたら黙っていることもなかったよ」

「そんな深く考えなくても良いわ。別に話しても構わないの。問題が起こるわけじゃないから。ただ私は一応確認しておきたくて」

「……詳しく理由を聞いてもいいですか？」

と俺が問うと毬乃さんは困ったような笑みを浮かべる。

「申し訳ないけれど今は話せない、いずれアナタとはつみには話すときが来るわ。そのときまで待っていてほしい」

……分からない。なぜ学園のトップたる毬乃さんが、今話せないのだろうか？　どこかに確認を取らなければならない？　だとすればそれは花邑本家？　いや姉さんぐらいにだったら概要を伝えても良いのではないか？

「信頼できる人には伝えたいんですけど……時間掛かりそうですか？」

出来れば伊織達にもこのダンジョンの有用性を教えてあげられればなと思っていた。初心者ダンジョンのスキル入手は非常に便利だ。

「……うーん、確認が取れればすぐにでも許可を出すんだけれど。とりあえずもう少し待ってて貰《もら》える？」

確認、となるとやはり誰かに聞かなければならないのか。いやそれは安全上の事かも知れない。見たことのないフロア、それも初心者が行くダンジョンの安全性を確認せずに生徒を送り出すのは危険だ。しかし、俺がソロで行けるところを危険と思うだろうか？　可能性はあるが、果たして本当にそうなのか？

　やはり分からない。ただ、毬乃さんのお願いは聞きたいと思う。

「分かりました、花邑家と先輩以外には確認が取れるまで口外しません」

「ありがとう。ダンジョンへ挑む土曜日までに確認するわ。それまでは花邑家関係者だけの秘密よ」


――雪音《ゆきね》視点――


　私の中で非常識の代名詞だったのは姉とモニカ生徒会長である。しかし瀧音はそのモニカ生徒会長がかすんでしまう程だ。いったい彼は私を何度驚かせれば気が済む。

「進んで十字路だった場合は北西西南南南東南東北ですね。丁字路だったらまた違うんですけど。ああ、計算表にまとめておくので、後で確認してください」

　意味が分からない。彼はこれだけの情報を集めるのに、いったいどれだけの労力を消費したのだろうか？　本来ならば秘匿されるか、莫大《ばくだい》な対価を支払って手に入れるべき情報を、彼はいとも簡単に私達に公開している。

　この情報を知り得るには、相当な苦労が必要であることがうかがえる。パターンの把握、その全マップの精査だけでもそれ相応の時間を食うだろう。また攻略時間を絞るための調査もしていると。

　彼は学園内での自身の評価を下げることもいとわず、この初心者ダンジョンに潜り続け、ようやく得た情報を私達になんのためらいもなく公開してしまった。

　こうまでされると逆に不安になる。なぜこんな簡単に情報を公開するんだ、と聞いてみるも、

「いやぁ、信頼できる先輩達だから教えるんですよ」

　瀧音はヘラヘラ笑いながらそんな事をのたまった。

　毬乃さんからは『初心者ダンジョンの秘密を口外しないで欲しい』と言われたが、瀧音が苦労して得たであろうこの貴重な情報を、いったい誰が口外できるというのか。瀧音の努力の結晶に大きな恩恵を受けた私が、いったいどうして口外できようか。

　リュディやクラリス殿も同じ気持ちであろう。はつみ先生は……よく分からないが、瀧音のことを思っているからこそ、彼の不利益になることは絶対にしないだろう。瀧音自身が話すのなら話は別だが。

　初心者ダンジョン十一層の攻略を終え、皆が思い思いのスキルを得て喜んでいる姿を見た瀧音は、まるで自分に大きな幸せが訪れたかのようで、そう、本当に嬉《うれ》しそうだった。

　それは私やクラリス殿との戦闘に負けても、変わらなかった。彼は確かに悔しそうでもあったが、何よりも私やクラリス殿の成長を喜んでいた。

自身の敗因を真剣な顔で話している瀧音、そして対戦相手だったクラリス殿を見るリュディを横目にため息をつく。

最近リュディは思い詰めた表情をしているときがある。

私はまだ気が楽だ。接近戦闘に関しては教えることが出来るから。しかしリュディには出来ない。それに彼女自身の存在が、他の人間が瀧音を非難する一番の理由となっている。リュディがＬＬＬを非常に嫌悪してしまうのは仕方の無い事だろう。

また彼らＬＬＬの言い分に「リュディヴィーヌ様の迷惑になっていることに気が付かず、彼女の温情に与《あずか》り、迷惑をかけ続けている」というのがあるのだが、そのまま自分達に返ってきていることに彼らが気が付いていないのは、第三者視点からすれば滑稽《こっけい》と見えるかも知れない。

しかし当事者のリュディや瀧音からすれば、それは全く笑えるものではなく、たまったものではない。はずなのだが。

再戦を始めた瀧音とクラリス殿、そしてそれを少し疲れた顔で見ているリュディ。そして彼女に飲み物を渡すななみ。

「一番の被害者である瀧音は一切気にしていない。リュディだけが一方的に気にしている……」

彼女のことは私がフォローしておこう。それにななみは理解してリュディのそばに居る

し。また、

「大丈夫、私が見てる」

うっすら感じた気配はやはりはつみ先生であった。彼女は私の隣に来ると瀧音達を見つめ、ほんの少しだけ目尻《めじり》が下がった……ように見えた。

「お願いします、先生」

と苦笑しながら私が言うと先生はこちらに顔を向け、その無機質な瞳《ひとみ》で、私をじっと見つめた。

「こうすけは雪音をとても評価している。雪音を超すのが最終目標かも知れないとさえ、こうすけは言った」

不思議なことだ。なぜ彼は私の評価がこれほどまで高いのだろう。

以前聞いたことがある。最強になるのが目的だとしたら、最大の障壁になるのは誰だと。

『最強になるための壁？　まあ同年代だとリュディですね。でも最大の障壁はモニカ・メルツェーデス・フォン・メビウス生徒会長と水守先輩でしょう。生徒以外で考えれば常軌を逸した最終兵器レベルが一人いるんですけど……ああ、そういえばクラスメイトに化け物予定が一人いますね』

モニカ生徒会長については分かる。彼女は異次元の存在だ。いずれは花邑毬乃に匹敵する魔法使いになるだろう。

しかしなぜ瀧音は彼女と私を同列にならべるのだろうか？　姉のように私へ過剰な評価をくれるのだろうか。

私などたかが知れていると話すも、瀧音は絶対に譲らなかった。もはや崇拝に近い。押し問答を続けていると、不意に姉の顔が頭に浮かんだ。生を受けてから現在までで、そこまで私を評価してくれたのは、姉だけだった。

確かに他の者から才能があるとは言われた。しかし最強になれるとまでは言われなかった。言うのは姉と瀧音だけだった。

「こうすけは理解不能。でも言うことには不思議な説得力が宿っている。感情論とか暴論とも捉《とら》えられかねないことに信憑性《しんぴょうせい》を持たせることが出来る」

確かに不思議な説得力がある。長年をかけてつちかわれなければ語ることの出来ない経験則みたいなことを述べることがある。それは彼の生まれとつらい生活が影響しているであろうが。

そして突拍子もない事を言い出したかと思えば、それが真実だったりする。今回のダンジョンのように。

彼の言葉に説得力があるのは、今までの彼の行動がそのまま反映されていることもあるだろう。彼がやってきたことは結果的に正だった。

逆を言えば彼と付き合いが全くない第三者は、彼の言うことを説得力の無い暴論と捉える可能性もある。

「雪音を超すのが最終目標かも知れないとさえ、こうすけは言った。最強を目指すこうすけが」

先生は一度言った言葉を再度繰り返す。

「だから私は水守雪音に注目している」

無機質な目でじっとこちらを見られ、思わず目をそらす。

ふと、姉の言葉を思い出した。

『雪音は一番になれる』

背を押してくれるような呪文《じゅもん》のようでいて、重しのような言葉が。

「……ご期待に添えるか分かりませんが、研鑽《けんさん》し続けます」

瀧音は明日別のダンジョンへななみと行くらしい。また彼は飛躍的に成長していくのだろう。

三章　ショーツダンジョン

▶ » « CONFIG

Magical Explorer
Reincarnated as a Eroge Hero's Friend, I'll live freely with my Eroge knowledge.

今回行くダンジョンは、珍しく地図にその場所が載っているダンジョンである。しかしそこはダンジョンではなく、遺跡と書かれている。まあ、ぱっと見はたいした物がないし、私有地の林を進まなければならないから、行く人もいなかったのだろう。

ダンジョンと書かれなかった理由は、なんとなく察せられる。入るための条件が惨《むご》すぎるからだ。

「どうやらここのようですね」

地図をしまいながら、ななみはそう言う。

「ここかぁ……」

見た目は普通の洞窟《どうくつ》だった。

中を覗《のぞ》いてみたが、照明がないため、奥を見通すことは出来ない。

「こんな場所に本当にダンジョンがあるのでしょうか。失礼ですが、本当にその資料を見たのですか？　地図にはダンジョンのダの字も書かれておりませんが……」

ななみは非常に訝《いぶか》しげな目でこちらを見ている。

「だから本当に見たんだって。ここが実はダンジョンだって資料を」

と言っておくが、もちろん見ていない。適当にでっち上げた嘘だから、疑われるのは仕方が無い。一応資料は存在しているが。それはどこかの古本屋でいくつかの魔石と交換して貰えるのだが、ゲーム内では会話イベントしか無かったため、どこにその古本屋があるのか分からない。

もしかしたら伊織《いおり》は手に入れているかも知れないと、メッセージを送ってみたものの、残念な事に古本屋を見つけていないらしい。あの古本屋は、他の追加パッチで追加されるダンジョンの資料なんかも取り扱っているから、是非見つけて欲しい。そして俺に見せてくれ。まあ無くても、俺が地図と記憶を照らし合わせて、無理矢理《むりやり》探す事が出来るから、完全に詰んでるわけではないのが救いか。

俺はストールに込める魔力を強めると、穴の中へ入っていった。

人が四人横に並んで歩けるぐらいの幅だろうか。俺とななみはライトの魔法を使いながら、奥へ奥へと進んでいく。そして八十メートルほど進んだところで、開けた空間が現れた。

「アレはなんでしょう？」

ななみが指摘したのは、その空間にある三つの像だ。それは剣と杖《つえ》を持った女性の像だった。その三つの女性像は三角形になるように配置されており、三つの像の中心にはT字形の台座が、これまた三つ存在していた。またそれらの女性像は右手で剣を掲げており、左手に持った杖を胸に当てている。

　俺はすぐに台座に直行したが、ななみはその像が気になるようで、像を中心にぐるりと見て回っていた。

　それぞれの台座の上には逆三角形のくぼみがあって、多分ここにアレを捧《ささ》げるのであろうと想像出来た。また台座の周りにはよく分からない文字が書かれていたが、ななみ含めヒロインの数人が読めるはずだし、なにより書いてある内容はすでに知っている。

　ななみが像を見終わってこちらに来ると、台座の周りにあった古代語を読んでくれた。

「『汝《なんじ》、戦乙女の使用した、身を守る最後の盾を三人分捧げよ』、ですか？」

　ななみは後ろを振り返って石像を見つめる。

「最後の盾、ですか……一体何なのでしょう。それも三つ……女性が使用した盾を三つ捧げれば良いのでしょうか？」

　確かにそう解釈したくなるのも分かる。むしろここをただの遺跡と定義してしまった人は、ななみと同じ勘違いをしているであろう。

　一般的なゲームであっても、『汝、戦乙女の使用した、身を守る最後の盾を三人分捧げよ』と聞くと、女神なんかが作った盾だとか、英雄が使っていた伝説の盾なんかを想像するだろう。現実ならなおさらだ。

しかしエロゲであるマジエクは、そんな解釈をしない。

「ええと、だな。言いにくいんだけど……俺の読んだ資料によると……身を守る盾っていうのは服らしくて……だな。その最後って部分にあたるのが……」

「……」

ななみは察したのか、しかめっ面で視線をこちらに向けている。思わず腰が引き気味になってしまうのも仕方ないだろう。しかし、言うしかない。

「その、だな……女性の……ですね。脱いだ時に最後に残るであろう服をですね、捧げる必要があるということでしてね……ええ、俺が考えたわけじゃ無いんです。決して俺が考えたわけでは無いんです。資料では、そうなっているんです。使用済みショーツを、三つ捧げることで……先へ進めると」

場が凍った。

ななみは無表情だ。無表情だからこそこちらにその呆《あき》れと怒りが伝わってきて、ちびりそうだ。しかも瞬《まばた》きせずにじっとこちらを見ている。

分かっている、俺に対してその視線を向けていないのは分かっている。ダンジョンに向けているのだろう？　しかし俺の同類が作った事を考えるとそこはかとない罪悪感が体中からあふれ出てくるんだ。

「違うんだ聞いてくれっ！」

いや実は違わない。場合によってはむしろお願いしたいんだけど。ていうか俺のせいじゃないんだけど、なぜか不思議な罪悪感に襲われている。その感情に押され、思わず土下座し、許しを請うてしまった。

誰と来てもこのような事になるのが予想できていたから、このダンジョンを現実で攻略するのが嫌だったんだ！

ゲームでこのダンジョンの開放条件を知ったときは、その設定の罪深さと、奥深さと、実用性に思わず頭《こうべ》を垂れたほどだ。

ショーツを捧げるだなんて、ヒロインは普通拒否する。まあエロゲヒロインにおいては確実にそうだとは言えないし、そもそも穿《は》いてない場合もある。が、普通は拒否する。しかし「ダンジョンに入るためには仕方ないよね」と言い訳ができるこの設定は、どのヒロインにもショーツを脱がせ、捧げさせることが出来る、究極とも言える設定だった。すぐさまお気に入りの仲間キャラクターを連れて、このダンジョンに突入した。当然だよなぁ。

そしてこの場所で「誰のショーツを捧げますか」という一文と、連れてきたヒロイン達の名が選択肢として出現したのを見た時、マウスを握る手が震えてしまったのは仕方ないだろう。

選ぶヒロインによっては冷たい視線《ごほうび》を向けられ、「ばか、変態」だなんて罵詈雑言《ごほうび》を浴びせられる。そして「何も起こらなかったら、どうなるか分かっているわよね？」なんて事を言い、怒り恥じらいながら脱いだショーツを捧げると、本当に先へ進めるのだ。進めちゃうのだ。

その際の会話を全員分見るために、何度ロードした事か……！

しかもだ、連れてくるキャラクターの組み合わせによっては、特別な会話が挟まれることもあった。そのため攻略ウィキを編集してくれる紳士達と共に、全てのパターンを試した。あのときは本当に楽しかった。

驚くべき事に、追加パッチで増えたヒロイン達であっても、このシーンではしっかりショーツを脱ぐ上に、選択キャラの組み合わせによっていろんなパターンの会話も見る事が出来た。

天才だと思った。

ほんっっっと天災だよ。

コレを考えたヤツは本当にバカだな。お前どうやって女性に使用済みショーツください、なんて言うんだよ？　言えるわけねぇだろアホか？　エロゲだから許されているアホ設定なのであって、現実じゃ常軌を逸したクソ設定にしかならねぇよ。この設定を考えたヤツは、頭の中がエロで乱れ咲きになっているに違いないね。捧げるんだったら剣とか宝玉とか、色々やりようがあっただろ。何よりおかしいのは新品じゃなくて使用済みって所だ。変態度がさらにアップだよ。新品ショーツなら購買部やコンビニで買えるから、それを捧げても良かったのに。

「……だから、そのですね。このダンジョンが悪いんです」

　とりあえず色々な言い訳を述べるも、圧力に屈して土下座をしたままだ。

　はぁ、とななみは小さくため息をつくと。立ってと俺の手を取った。

「申し訳ございません、ご主人様が悪いわけではないのですが、どうしても抑えきれませんでした」

　との言葉に、俺は顔を上げた。ななみはまるで天使のように優しく微笑んでいる。いや、天使だった。

「私《わたくし》は自身のを捧げることは構いません……しかし」

「しかし？」

「ご主人様が……ご自身のパンツを捧げるのも……アリなのではないでしょうか？」

　ゑ？

「ご主人様ってちょっと中性的なお顔をされてますし、目と鼻と口と耳と輪郭を交換して髪を整えれば、カワイイ男性に見えますし」

「それ全くの別人だよな？　目と鼻と口と耳と輪郭交換したら、俺の要素なんてほぼ残んないよな」

「ご安心下さい。ご主人様だけでなく私《わたくし》も捧げましょう。ご主人様以外に捧げるのは身の毛のよだつ不快感に、世界を破壊したくなる衝動が生まれますが七割放出で我慢します」

「俺に捧げるのは良いんだ……七割放出したら世界が大変な事になってそうだな」

「さあ、脱ぎましょうか」

「いや、しかしね、あの戦乙女っていう……条件が、その、ありましてですね……」

「試したのでしょうか？」

「試してないです……」

「じゃ、あっち向いて脱いで下さい？　私《わたくし》も脱ぎましょう。スカートがめくれた際にお声をかけますので、すぐに反応してこちらを見て下さいね？」

「痴女かな？」

見ねえからな、ぜってえ。

「キャ」

後ろを向いて数秒しか経過していないんだが。絶対見ないからな。

はぁ、と大きくため息をつく。どうしてこうなったんだ？

せめてもの救いは、姉さん達のようにこちらを見てこないことだろう。なんだか物足りないような不思議な気分になりながら、俺はすぐさまボクサーパンツを脱ぎ、ノーパンのままズボンを穿く。そしてななみに声をかけて、その台座の一つに俺のボクサーパンツを置いた。

それを見ていたななみも、違う台座にパンツを置いた。白だった。

置いてすぐに反応は始まる。

眩《まばゆ》い光が像の一つから発せられたかと思うと、剣の先から一筋の光が台座とパンツに照射された。

「う、うそだろ」

光り輝く台座の上に置かれた二つのパンツはゆっくり浮かび上がると徐々に光り輝いていく。

その光景はパンツでなければ、非常に幻想的だった。

俺のパンツは光り輝いて、光り輝いて、そしてやがて光が消失した。

そして俺のパンツは光り輝いて、光り輝いて、そしてやがて……火が点《つ》いた。

「えええええええええええ!!」

それはひらひらと地面に落ちる。しかし火は消えない。

右往左往している俺の横から水球が飛んできた。どうやらななみが水魔法を使ってくれたらしい。水球が俺の燃えるパンツに直撃し、火は消えるも、隠す場所に大きな穴が開いていた。

　もう使い物にならなそうだった。

「……」

　ノーパンのななみは絶句していた。動揺しているだろう。

「ななみ、大丈夫か？」

「私《わたくし》のショーツは台座に戻りましたし、そもそも常に一式着替えを持ち歩いているので大丈夫です……ご、ご主人様？」

　不安げな表情で俺を見た。しかしパンツが燃えてしまった反動だろうか、ノーパンですがすがしい気分になっているからだろうか。不思議と俺の心は穏やかだった。

「いや、大丈夫だ。んでさ、なんでだろう。今なら何をされても笑顔で許してしまいそうなんだ」

「ショックが大きすぎて、菩薩《ぼさつ》化していらっしゃいますね……」

　それにしても……。

「俺がやって貰おうと思っていたことはコレに近いことなんだよな。そうだ、一緒にダンジョン攻略に来てくれる人には、替えのショーツを持ってきて貰おうか」

　俺はノーパンになってしまったけれど、学習した。来てくれる人には替えのショーツ持ってきて貰う。決まりだ。

「その。ご、ご主人様はお着替えをお持ちでは……？」

「いや俺は何も考えてなかったから、持ってきてなかった。でも何か代わりになるようなものが……あったかな？」

と荷物をあさってみる。すると袋の奥からなんだか黒い紐《ひも》のようなものが………

紐？

「なんだコレ？」

紐の中心部に薄い布地がついている。これはあれだ。人にとって一番大切な部分を守る為の神聖なる布、ショーツだ。すごく見覚えのある、黒いエッチなショーツだ。クラリスさん達が引っ越し作業をしている際に、入手してしまったショーツだ。

「い、いや。ち、違うんだ！　コレは俺のじゃないっっ！」

「………ではどちら様の物でしょうか？」

「く、クラリスさんだ、決して俺のじゃない」

「……なぜクラリス様のショーツをお持ちなんでしょうか？」

「ああああああ！」

　俺は決して盗みたくて盗んだのではない。

　確かにショーツという物は、ありとあらゆる宝石にも劣らない至高の一品で、それが美少女エルフの物だったら、莫大《ばくだい》な金を積んだとしても、入手したいと考えてしまうのは仕方がない事だろう。

しかし俺ら紳士は犯罪者になりたいわけではない。むしろ犯罪に手を出す者を嫌悪している。

エロゲと現実は別物である。だからこそ俺はＹｅｓロリータＮｏタッチであり、Ｙｅｓエロゲロリ（十八歳以上）Ｙｅｓ（自主規制）なのである。

なぁんて言葉を口走ったら、さらにド変態扱いされることは見えていたので、もちろんそんな事は口に出さず、返すタイミングを失ってしまっていた事にして押し切った。

ただ、ななみがどう感じたのかは不明である。

その後、俺の強い要望ですぐに帰ることを了承させる。そして歩く度に感じる、股間《こかん》の違和感に苛《さいな》まれながらも、なんとか帰宅した。そしてすぐさまパンツを穿くと、誰をダンジョンへ呼ぶかで頭をひねった。

個人的に呼びたいのはリュディ、クラリスさん、水守《みずもり》先輩である。普段から手合わせしている彼女らは、個々の動きも理解しているし、連携も取りやすいだろう。

しかしこのダンジョンの一番の問題点は、頭の中がエロ畑になっている、バカの考えた設定であることだ。

ショーツをどうするのか。今まで生きてきた中で、一番悩んでいるかもしれない。仕方ないわねぇとショーツを捧《ささ》げてくれる知り合いはいるだろうか？

その点を考えれば、連れて行くのが確定するのは、既に実体験しているななみである。

また、ななみは技能的な関係で必ず連れて行きたいと思っていたから、もちろん来て貰う。

しかし問題はそれ以外のメンバーだ。

リュディや先輩はショーツを捧げてくれるだろうか。ショーツの点だけで考えれば、命令すれば出してくれそうな、借金《ルイージャ》先生に頼むという選択肢もある。

ただ俺がルイージャ先生に「使用済みのショーツください」なんて言ったら、それは借金取りが、金の代わりに求めているようで、それなんてエロゲ状態である。いやエロゲ世界なんだが。

ゲームで選択肢が出るなら、もちろん試してみるだろう。しかし現実ではそんな可哀想なことはしたくない。どうしようもなくなってしまったら、頭を下げてお願いする可能性も、なきにしもあらずだが。

そういえばエロ雑誌にショーツが付いてくるときがあるけれど、あれじゃダメだろうか？　とあるエロゲ雑誌では、香り付きのショーツが付録にあった。

いや、普通に燃え尽きそうだな。

「なあ、ななみ。どうすべきだと思う？　土下座かな？」

「……まず皆様のご予定を確認し、行ける方に土下座して慈悲を乞うのがもっともかと」

「やっぱりそうすべきか……」

土下座は確定のようだ。

すぐさま総合情報端末《ツクヨミトラベラー》を取り出して、俺は幾人かにメッセージを送った。

集まったのは、水守先輩、リュディ、ななみ、そして姉さんである。クラリスさん、毬《まり》乃《の》さん、ルイージャ先生は忙しいらしく来られなかった。ていうか毬乃さんとルイージャ先生が仕事で来られないと言っているのに、姉さんがいるのが不思議なのだが…………大丈夫なんだよな？

来てくれたメンバーとあの戦乙女像のある祭壇まで行くと、俺はすぐさま地べたにオデコをこすりつけ、ショーツのお願いを始めた。ななみまで土下座しそうだったが、それは丁重にお断りした。

本当はメッセージを送る時に言おうとも思っていたけれど、ダメだった。どうしても言い出せなかった。

言う覚悟が決まったのはここに来てからだ。また、『ここまで来てしまったことだし、信じられないけど捧げてあげる』なんてことが起きないかな、と希望的観測もしている。

俺のお願いは懺悔《ざんげ》のようでありながら、言い訳のようでもあった。そして話は佳境に入り、なんでもするから穿《は》いているショーツをください、とまで言いそうになった時だった。肩にぽんと手を置かれたのは。

「顔を上げてくれ、瀧音《たきおと》」

そう優しい声で言ってくれたのは、先輩だった。リュディはなにやら難しい顔をしていて、姉さんはいつもの表情で俺を見ていたが、ふらふらと戦乙女像の方へ歩いて行った。ななみは何を考えているかよく分からないけど、俺の隣に立ってる。

先輩は、俺の手を取ると立たせてくれる。

そして少しだけ顔を赤らめながらも、朗らかな笑顔を見せてくれた。

「私は瀧音との付き合いは短いかもしれない。しかし瀧音はそんな事で嘘を言う人間じゃないことを知っているさ……だから」

先輩はやっぱり恥ずかしいのだろう、いつもだったらその綺麗《きれい》な瞳《ひとみ》でこちらの目をしっかりと見て話してくれるのに、今日は目が合わないばかりか右往左往している。めっちゃ動揺してるよね。

「せ、先輩……」

先輩は何かを言おうとして小さく口を開くも、結局何も言わず、耳まで真っ赤にして俯《うつむ》く。そして崩れていない髪を手ぐしで整えた。それから意を決して話し始めるも、それはいつもの先輩からは想像出来ないような、か細い声だった。

「だから、その……少し恥ずかしいが、それに見苦しい私の物で良ければ……っ、使ってくれ」

そして先輩は「こっちを見るな」と言って赤くなった顔を隠すように背を向ける。しかし耳が真っ赤だから、あまり隠せていない。

さて、来たるべき時が来たと言って良いだろう。今ここでＹＹＹ発足を宣言する。ＹＹＹは雪音《ゆきね》ヤバイ雪音にするか。先輩は神みたいな者だから、雪音ヤバイ神という意味になるし、良い感じの響きだと思う。イエスイエス雪音でもいいな。それだと海外展開した時に使いやすいか。

「幸助《こうすけ》っ」

どうやって世界に売り込むかを考えていると、これまた意を決したようなリュディが俺を見ている。

「私も幸助がこういうときに、変な冗談を言うと思っていないわ。だから私も恥ずかしいけど……」

リュディはそれにね、と続ける。

「私、いつも幸助に助けられてばっかりだった。私も貴方《あなた》の力になりたい、貴方の助けになりたい。これから先、もし何かあったら私に相談して欲しいの。今回のように」

そう言ってリュディは俺から視線を外す。

「うん、でもやっぱりコレはちょっと恥ずかしい……でも幸助のためだったら、私のショーツなんて……いくらでも出してあげるわ」

　リュディは全てを言い切ると、言ってしまったとばかりに顔を伏せる。そしてリュディもこちらに背を向けてしまった。

　すごく、嬉しかった。正直に言えば、リュディからは罵倒《ばとう》されるものだと思っていた。だってそれなりに仲が良いとはいえ、穿いたショーツを渡せと言われたら、絶縁状を叩《たた》きつけられても文句は言えない。

「……ありがとう、リュディ」

　うん、と背を向けたまま小さく返事をするリュディ。

「こうすけ」

　今度は姉さんだった。はい、と俺は何かを渡され、何だろうとその布を広げてみる。

　それはピンク色を基調に黒いレースで彩られた、大切な部分を守るための布だった。また尻《しり》の部分は自分の手が見えてしまう程薄く、もし穿いてもスッケスケで見えてしまうことだろう。

　そんなピンクと黒のエッチなショーツだった。

　……ゑ？

　自分が動揺しているのがわかる。おちつけ。深呼吸だ。コレは着替えるために持ってき

た奴だよね、確認の為に渡しただけだよね。ほら、有識者に、これで大丈夫だよね、って確認することは重要だしな。

ん、ちょっとまてよ。確認の為だからといって、わざわざ渡さなくても良いよね？　ていうか見せる必要ある？　俺を有識者と勘違いした？　あれ？

もしかして着替えたの？　いや、そんな暇なかったよね？　でもこのショーツから、そこはかとないぬくもりを感じられるような、そうでもないと思いたいような。ええと。

「ね、姉さん。こ、これはアレだよね、着替えようとして持ってきたショーツだよね……」

「なんだかすごくスースーする。新鮮」

「取れたてだった！　すぐに替えのショーツを穿いて！」

さて、姉さんにショーツを返し、その場から紳士らしく立ち去り、洞窟《どうくつ》の前まで来たのは良い。しかしだ。

正直に言えば、脱いでいる様子をめちゃめちゃ見たかった。

出来ることなら見たい。しかし恥ずかしがりながらも、ショーツを差し出してくれた三人……恥ずかしそうにする二人に申し訳が立たない。だからこそ見る事は許されない。

ではどうすべきか。

想像しようではないか。エロゲを百本以上プレイしてきた俺ならば、これくらいのこと容易にできるはずなのだ……。

「ご主人様」

俺が精神を集中させ、先輩とリュディが服に手をかけたときだった。後ろから声が聞こえ、振り返る。そこにいたのは、ななみだった。

彼女はなぜか申し訳なさそうに頭を下げた。

「申し訳ございません。本来であれば、私《わたくし》がショーツを提供すべきでした。私《わたくし》が一番の忠臣であることをご覧にいれるチャンスでしたのに、一本取られました……!!」

謝る必要は特にないし。ていうか、なんで逆ギレしてるんですかね？

「まあそれは置いておいて、いいです。私《わたくし》はですね、非常に悔しいんです」

「何が悔しいんだよ……」

「ご主人様が女装したのちにショーツを捧《ささ》げれば、奇跡的に誤認するかも知れませんし、まだ希望を捨てるのは早いです♪　という計画が破綻《はたん》してしまったことがです」

「お前がしようとしていたのは、俺を追い詰めることだからな。俺を女装させないでくれるかな？」

誰が女装なんかするか。そんなのエロゲの主人公にやらせとけば良いんだよ。ていうか、なんでそんなにノリノリなんだ？

「ああ、最終的には私《わたくし》の胸にご主人様の顔を押し当て、なでなでよしよし、をする予定でしたのに。残念です」

なんて魅力的な話なんだろうか。今すぐにショックを受けたふりをすれば、してくれるだろうか？　てかそれって女装失敗前提だよな。

「という事でコレを……」

そう言って彼女は何かを差し出してくる。それは薄い青と白のストライプの布だった。ななみがここでハンカチを渡してくれるわけがない。そもそもハンカチになさそうな、可愛らしいリボンが付いている。ならば、コレは何かなんてすぐ予想できる。

「い、いやもう使わないから」

と俺は言うも、ななみは俺の目の前にずいっと踏み込むと、胸ポケットにそれを入れる。したり顔でポンポンとそのショーツの入ったポケットを叩くと、すっと後ろへ下がった。

慌てて縞模様《しまもよう》のショーツをななみに返そうとするも、ななみは受け取らない。

「いえ。私《わたくし》がご主人様に対する誠意をどうしてもお見せしたかった、それだけです」

「わ、分かった。しっかり伝わった。だ、だから、いらないから。てか貰ってどうするんだよ！」

と俺が言うと、ななみは俺に触れそうな距離まで近づき、耳元でそっと囁《ささや》く。

「まだクラリス様のを持っているんでしょう？」

思わず唾《つば》を飲み込んだ。

なぜそれを知っている。

言い訳をしないといけないのに言葉が浮かばなくて……どうすれば良いのかを必死に考える。しかし、ななみが話す方が早かった。

「欲しかったのでしょう？　私《わたくし》のは特に良い物です。被《かぶ》ると防御力が上がりますし」

「俺はショーツに防御力は求めてないし、そもそも被るという発想が無かったわ。せめて普通に穿け。いやそれも嫌な絵面なんだけど」

「では、お守りだとでも思って、私《わたくし》のも持っていてください。私《わたくし》だけ渡さないのも癪《しゃく》、と言えば良いのでしょうか。それに……なんだか負けた気がするんです」

特に勝ち負けとか、ないから……。

と、ななみは満足そうに俺から離れると、洞窟の中へ入っていく。

俺はショーツを大切にしまうと急いで後を追った。


どうやら準備はほとんど出来ていたようで、ちょうど俺達を呼びに行くところだったらしい。俺はショーツを隠す先輩達に視線をなるべく向けないよう意識しながら、戦乙女像の近くに立つと、皆もそれぞれ移動を始める。

ショーツを捧げる三人はそれぞれ台座の前に立つと、自身のショーツを準備する。

綺麗にたたんで手に持っているのだろう。先輩やリュディは両手でそのショーツを隠しながら、まだ少し赤い顔のまま、こちらをちらちらと見てくる。

そして背筋をピンと伸ばし、ショーツを両手で広げながら持っている明らかに異質な姉さん。堂々としすぎて賞状を持っているようにすら見える。しかし、なんでこんなに堂々としているんですか。

「よし、はじめる」

姉さんの一言で、三人は台座に自らのショーツを置いた。

俺のボクサーパンツの時と同じように、すぐに反応は始まった。

眩《まばゆ》い光が三つの像から発せられたかと思うと、剣の先から一筋の光となってそれぞれの台座とショーツに照射される。

照射が終わると光り輝くショーツは台座からふわりと浮かび上がる。そして綺麗《きれい》に折りたたまれた先輩のショーツは、光の中でゆっくりと開かれた。自身のショーツを見られたくない先輩からすれば、ただの公開処刑である。

それは雪の結晶がちりばめられたようなデザインの青いショーツだった。雪音先輩の名前にもマッチしている、非常にデザインの良いショーツで、穿《は》いている姿を見るだけで悶《もん》絶《ぜっ》してしまいそうだ。

リュディの純白ショーツも先輩のショーツと同じように開かれた。リュディのは純白だからこそ高潔なイメージがある。しかし今浮かび上がっているショーツは想像以上にきわどいため、高潔ながらもどこか憂いがある。攻め気味なそれを見て、思わず胸が高鳴ってしまった。

つい先ほど記憶に刻み込んだ姉さんのショーツは、開かれることはなかった。元から堂々と開いて置いていたからな。

ふと俺は視線に気が付く。

先輩やリュディが見ないでくれと顔で懇願していた。

……血を吐きそうだった。

百年くらい油を差していない機械を動かすかのように、両手で自分の顔を、その至福の光景からギギギとそらしていく。そして心で泣きながら、先ほど見た二つの宝石を、記憶の奥深くに刻み込んだ。

ななみから顔を上げても良いと許可を貰ったのはそれから一分ほど後だろうか。

俺が目を開けると先ほどまでとは打って変わって、真剣な表情をしている先輩、リュディ、ななみ、そしていつもと変わらない姉さんがいた。

三つの祭壇の中心に現れていたのは、魔法陣だった。

俺は深呼吸してストールに魔力を込めると、二、三度素振りをする。先輩は長刀を、リュディと姉さんは杖《つえ》を、ななみは弓と短剣を取り出していて、各々戦闘の準備を始めていた。

俺も収納袋から刀を取り出し、皆の準備が終わるのを確認すると、現れた魔法陣に足を踏み入れた。

ダンジョン、という言葉を聞いて、少なからぬ人が浮かべる印象の一つに『罠《わな》』がある。ローグライクゲームなんかをプレイした人々は、俺含めかなりの人が死ぬほどお世話になったのではないだろうか。

言葉通りの意味で。

足下で地雷が爆発したり、何らかを封印する罠があったり、はたまた落とし穴があって、落ちた先にモンスターの巣があったり。

個人的な印象だが、理不尽な死に方をするのは大抵罠である。それまで余裕を持って進めていたのに、一気にピンチになってそのまま死もあり得る罠は、それはもう大嫌いであった。本当に大っ嫌いだった。

高校生までは。

しかしエロゲ界やギャルゲ、最近では漫画アニメでもそうだが、こちらの罠はある意味で至高である。エロゲ、ギャルゲ界での罠は何が良いかって、なんだかよく分からない液体やら触手のようなものに搦《から》め捕られたり、非常に扇情的なポージングをとらざるを得なかったり、果てには服のみを消化する魔物が、落とし穴の先に敷き詰められているなどで、もはや通常の思考ではいられない。

マジエクも例外ではない。エロゲらしく何らかの罠にかかれば、しっかりそのときの一枚絵《CG》が表示され、ダンジョン攻略を中断して食い入るようにその光景を見つめ、しっかり脳に焼き付けることになるであろう。

ただし残念な事に現実である。そんなことは出来るはずもない。まあリュディを助ける際には色んな意味でお世話になったが。

さて、今回なんとか足を踏み入れることが出来たダンジョン『暗影《あんえい》の遺跡《いせき》』は、罠が登場するダンジョンである。ただしこのダンジョンも店舗特典のパッチを適用しないと攻略出来ないし、最強キャラを作成するために必須《ひっす》とは言えないので、スルーする紳士も多かっただろう。

しかし必須ではないとはいえ、初期状態《引き継ぎをせずに最初から始める》ならば、今後のダンジョン攻略が、ぐっと楽になるアイテムがいくつか眠っている。その中の一つがどうしても欲しくて、変態扱いされる覚悟でダンジョンに来たのだ。だからこそ。

「必ず入手しないとな……」

『マミー』を第三の手でぶん殴りながら小さく息を吐く。マミーは地面に叩《たた》きつけられると、だんだんと体が薄くなり、魔素と魔石へと変わっていった。

さて、マミーはどんな魔物かと聞かれれば、人間をスルメのように乾燥させたのち、顔を除く全身に白い包帯が巻かれた魔物であろう。エジプトのピラミッドに埋葬されていそうで、他のファンタジーゲームでもネタに使われているミイラである。

それを見て真っ先に思った事は、単純にキモイである。生気を感じられず、やや黒ずんだ顔のミイラは、それだけで精神的にクるものがある。

また同時に、今後のダンジョンで出現する、ゾンビ系モンスターと戦うのが億劫《おっくう》になっている。

マミーはまだ乾燥しているため、臭いがつらいわけではない。しかしゾンビは体中が腐っているだろうし、『臭いがキツい』とゲームキャラ達が話題にしているぐらいだ。正直言えば戦いたくない。ただ、行かざるを得ないダンジョンに出現するので、ほぼ確実に戦闘はするだろう。

それと現在戦ったのは人間型のマミーではあったが、このダンジョンの先や後に攻略予定のダンジョンには動物型のマミーも出現する。ゴート・マミー、ガゼル・マミー、ライオン・マミー等々だ。このダンジョンでは強い魔物は出現しないため、さほど警戒しなくても良いが。

と俺が魔石を拾うと、近くにななみがやってくる。

「素晴らしい戦闘でした、ご主人様」

「なに、ななみの援護のおかげさ。罠探知も助かってるよ」

　実際ななみの弓での援護は助かっているし、俺が接近する前に倒してしまうことさえある。

「微力ですがお力になれたようで何よりです。ただ罠探知には自信がございませんので、過信するのは禁物かと……」

と、ななみは申し訳なさそうに言う。しかしゲームでのななみを考えれば、探知率は神がかってるとしか言えない。

　そもそもマジエクでは、罠を探知するためのスキルにはレベルがあり、高ければ高いほど罠を探知しやすかった。

　ななみは罠探知のレベルが上がりやすいとはいえ、初期値は0である。シーフ系技能を所持している本職カトリナは、もちろんある程度の探知レベルがあったし、宝箱の鍵《かぎ》を開ける解錠スキル、宝箱の罠を解除出来る罠解除もそれなりのレベルがあった。

　初期状態のななみで八、九割程度の探知率だろうと予想していた。しかし現三層で十割の発見率を誇っているのを見るに、メイドナイトシキエディション天型に何らかの能力が備わっている可能性が浮上した。まあ罠を見つけられなかったが運良く踏んでいない、という可能性もあるが。

　さて罠にかからないのは良い事でもあるが、非常に残念でもある。

罠にかからないのだ。

探知ミスなら仕方ないなぁ、なんて感じでエロエロになったリュディや先輩達を見る事が出来ない。

もし罠にかかってくれるならば、今回挑んでいる『暗影の遺跡』のような、身に危険な罠のないダンジョンでこそかかって欲しいのだが。

しかし、それももう叶《かな》わなくなるだろう。現時点でいくつもの罠を発見しているため、ななみのスキルレベルも上がってきたはずだ。このダンジョンは罠初心者向けといえるほど、低級ばかりしかない。

さて、どうやら反対側でも戦闘が終わったようで、先輩とリュディがこちらに近づいてくる。

「過剰戦力に見えるな」

そう苦笑しながら先輩は言う。

その通りだと思う。このダンジョンはツクヨミ学園ダンジョンに当てはめれば二十層行かない程度の魔物しか出ない。店舗特典系パッチにありがちな、初期から攻略出来る低レベル向けダンジョンである。すでにツクヨミ学園ダンジョン五十層は攻略しているであろう先輩や、学園卒業生で六十層をしっかり攻略している姉さんにはあくびが出るほどだろう。

現に姉さんと先輩は俺達の経験のために、ほぼ手を出していない。俺とリュディとななみしか戦っていないのにもかかわらず、今のところピンチになっていないのだ。

「また分かれ道ね……」

こちらに来ると、うんざりした様子でリュディはそう言った。

目の前には二つの道。すでに何度も行き止まりに行き当たってきたから、リュディも少し疲れ気味である。次の階層に進んだら少し休憩するのも良いかも知れない。

「どちらになさいますか？」

ななみにそう問われても俺にはなんとも答えようがない。このダンジョンは、挑む度にフロアが毎回変わるダンジョンだから分からないのだ。

「どっちでもいいかな……じゃあ右で」

誰も『こちらに行きたい』という意思がなさそうだったので、とりあえず適当に決めて進んでみる。少し歩いて分かったが、どうやら当たりだったらしい。そこには下層に進む階段があった。

「ンッッアッ……ハァ、ハァ……」

俺が魔力を送るのを止めると、リュディは深いため息をつく。そして俺にもたれかかりながら、息を整えた。そのトロンとした目に、汗をかいて髪の毛が頬や額に張り付く姿は、正直いろんな意味でヤバかった。かった、ではないな。現在進行形である。

すぐに握っていた、温かくて少しウェットなリュディの手を離す。すると彼女は小さくあっ、と声をもらした。

さて、俺の贈与魔法はどこかおかしいのだろうか？　クラリスさん曰《いわ》く、不思議なマッサージを受けているような気分になるそうだが、俺がクラリスさんから贈与魔法を使って貰っても同じにならない。ゲームとかであればまあ良いのだが、現実でこんな感じになると色々困る。特に戦闘前とか。

考えても原因は分からなそうなので、それはおいておくとしよう。まだ疑問がある。

なんで姉さんとななみは、一列に並んでこちらを物欲しそうな目で見ているのか。

ななみ含む天使達は基本的に魔力で行動するため、欲しいと言うのはまだ分かる。試験的に一度送ったことがあるし、戦闘で魔力をある程度使用していたから贈与してもなんら不思議ではない。

しかし何で姉さんが並んでるんですかね？　姉さんはほぼ魔法使ってないよね。

先輩を見て欲しい。先輩はしっかり体を休めていて…………あれ、リュディを見て思い詰めた表情を……き、気のせいだろう。

姉さんとななみに『家に帰ったら贈与魔法を使う』事を約束させられて、俺達は先へ進む。

　あれから何層か降りて六層までたどり着いた訳だが、今までの戦闘から少し変わった点があるとすれば、先輩が戦闘に参加するようになったことだろう。

　見ていたら体を動かしたくなったそうで、やけに張り切って魔法を使っている。

　先輩が放った水球を浴びたサンドゴーレムをぶん殴って砕く。魔素と魔石に変わるのをぼーっと見ていると後ろから声をかけられた。

「瀧音はなぜそんなに頑張るのだ？」

　声をかけてきたのは先輩だった。これについては先輩には以前話したような気がするが。

「最強になりたいからですが……？」

　まあ本当の目的は話すつもりはないが。

「少し頑張りすぎていないか、休息も必要だぞ？」

　毎日のようにダンジョンに挑んでいるからだろうか。言われてみれば、俺ほどダンジョンに挑んでいる人を見ない。ただし、先輩の訓練量は俺並みかそれ以上だと思うのだが。

「いえいえ、もし最強になるならば、今しっかりしないとダメなんですよ」

　目標である聖《ひじり》伊織はまごう方なきチートである。

　現在は座学を軸にして、俺の潜っているダンジョンではない、別のダンジョンに潜っている。今度はまた別のダンジョンに潜るとも言っていた。さすがにパッチで追加されたダンジョンは情報すら仕入れてなかったようだが。

さて、ゲームにおいてその行動は、事前知識の無い、初回プレイのプレイヤーがとる行動そのものである。

今は俺の方が強いだろう。間違いない。ただ伊織は普通に進めているがゆえに、主人公として普通に強くなっている。

しかしこれからは普通でいて貰うつもりはない。

これから先、伊織は有用な固有スキルをどんどん覚え、そのチートで駆け上がっていくであろう。俺は爆発的に強くなる彼と肩を並べるために……いや一歩前を進むために、今できる限りのことをしている。

幸い、俺には紳士達によって研究された『知識』という武器がある。個性的だけど、決して弱くはない瀧音幸助だ。

また超えるべき相手は、伊織だけではない。三強という化け物もいる。

じっと先輩を見つめる。

今日の先輩は紺色の袴姿《はかますがた》である。髪を一つにまとめ、後ろにながしている。先輩のうなじは最高です。ご飯なんぞ三杯くらい行けそうだ。いつ見ても美しい先輩だが、今日もまた一段と美しい。

「先輩は強くなりたくはないのですか?」

「なりたいが……」

　先輩は何も言わないが、俺はなんとなく言いたいことが分かる。まだ先輩は姉に、強者に苦手意識を持っている。

「では一緒に強くなりましょう。リュディ達も誘って、さっさとツクヨミ学園ダンジョン百層を突破してしまいましょう」

　まあ実際は百一層あるんだけど……。まあそれはどうでも良い。少し面倒な問題があるとすれば、攻略が終わったら挑むダンジョンの方である。まあそちらの完全攻略は伊織に任せるかもしれないが。

「フフッ、何を言ってるんだ、君は。ツクヨミ学園ダンジョンの最高到達は八十七層だぞ？」

　先輩は笑いながら言った。そう、たったの八十七層である。

「結構真面目に言ってるんですけど……やっぱ一緒には無理ですかね？」

　ふと、この世界での先輩の立場を考えてみる。先輩は風紀会副隊長（副会長）だ。上から二番目の職であり、作中でも慕われているキャラクターだった。パーティをすでに組んでいないわけがない。

　ゲームでは誘えば大抵来てくれるけれど、普通に考えたら元々組んでいるパーティを優先するだろう。ぽっと出の俺は優先度が低くなるのは仕方ない。

　と、否定されることを考えていると、先輩はふふっ、と笑い出した。

「いや、私が行けるときであれば構わないさ」

バシン、と背中を叩《たた》かれる。そう言って皆の下へ歩き出す先輩。俺はその揺れるポニーテールと白いうなじと形の良い尻《しり》を追って歩き出す。

七、八、九層のサンドゴーレム地帯を抜け、ようやく目的の物がある最終層、十層に到着した。十層はこれまでのランダムマップではなく、固定マップになっている。それもボス部屋直通の一本道のみと、最終階層らしい作りだ。

少し休憩を挟み、準備を整えると俺達はボスへ挑んだ。

現れたボスはライオン・マミーである。

ライオン・マミーは名前通りライオンのミイラである。雌ライオンを黒くして病的なほど痩《や》せさせたような姿だった。

速さと攻撃の重さは『薄明《はくめい》の岫《くき》』で戦った火車《かしゃ》よりも多少上だろう。だけど苦戦する事は全くなかった。そもそもこのダンジョン『暗影の遺跡』は『薄明の岫』と同レベル帯のダンジョンである。ボスも同レベル帯であるのにもかかわらず、今回は前回とは違い俺一人ではない。

相手の攻撃にしっかり反応出来たし、ストールでのガードも余裕で間に合う。俺が二回攻撃を防いだところで、リュディのウインドカッターで切り裂き押し出して、俺がぶん殴って壁までぶっ飛ばし、ななみの矢で爆発したのち、リュディのストームハンマーで完勝である。可哀想なぐらいフルボッコだった。

「……あっけないわね」

「……そうだな」

本当にあっけなかったな。爪が少し恐かった、なんて小学生並みの感想しか言えない。一応マミー系共通の弱点である、火の陣刻《じんこく》魔石《ませき》を用意していたのだけれど、それ以前にうちの火力が圧倒的すぎた。

本来ならもう一段上のダンジョンへ挑んで良いだろう。まあ、もう一つのダンジョンに行った後に、一段上レベルじゃないところへ挑む予定ではあるが。

リュディが魔石を拾ったのを見て、俺達は先へ進む。

ボス部屋を進んだ先にあったのは一つの宝箱だった。木と鉄で出来たその宝箱は、間違いなく俺が求めていたアイテムの入っている宝箱であろう。

その宝箱を見てリュディと先輩が笑顔で近づいていく。その後ろをななみと姉さんがついて行った。

はて、と首をひねる。そういえば俺はここの宝箱を取るときに、何度かリセットしていたような気がする。一体なぜしていたのか？

リセットをするなんて、ＣＧ回収以外にあり得るだろうか？

四人を追って歩いていると、不意に頭の中で、ヌラヌラになったリュディの姿が浮かびあがった。

「あっ」

思い出した。ここには罠《わな》があったのだ。それもＳＲＰＧ《シミュレーションアールピージー》パートの罠ではない。アドベンチャーパートの罠だ。

記憶が確かなら、宝箱の前に落とし穴がある。どれだけ罠系スキルが高かろうと落ちるイベント罠であり、落ちた先にはヌッラヌラでエッロエロな気分になってしまう、そんな液体が撒《ま》かれていたはずだ。またエロゲありがち設定だが、エッロエロ気分になるのは女性のみだ。

イベント罠の影響によってか、ななみの罠探知も正常に機能していないようだ。リュディ達は気が付いていていない。

このまま行かせてしまっても良いのだろうか？

頭の中にヌラヌラの先輩とリュディが浮かぶ。

落ちれば、俺がある意味で待ち望んでいた光景を見ることが出来る。しかしそれを知っていて、わざと黙っているなんていいのだろうか。

もし今回落ちたとして、その姿を全身全霊で拝見して、記憶の奥底に二重バックアップ保存したとして、これから先、彼女達と普通に接することが出来るだろうか。

やっぱり、ダメだ。

「リュディ、先輩、止まれっ！」

その言葉とほぼ同時だった。ガタン、と音がして、リュディと先輩の足下が二つに割れたのは。

落ちていくリュディと先輩に第三、第四の手を伸ばす。しかしその手は届かない。遅かった。だけど少しでも助けられる可能性があるのならと、その穴に飛び込んだ。

空中で俺はリュディを第三の手で、先輩を第四の手で掴《つか》み、上へと持ち上げる。そして落下の衝撃に備えた。

衝撃はほとんど無かった。ビチャン、というより、ヌパ、と言った方が良いだろうか。

俺が落ちたのはそういった液体だった。ただそれほど液体の量は多くなかったようで、膝《ひざ》あたりまでしか濡《ぬ》れていない。またこの液体が落下の衝撃を抑えてくれたのだろう。痛みは全くなかった。多分卵を落としても割れることはないだろう。

ただ尻《しり》もちをついてしまったから、俺はかなり濡れてしまっているのだが。

「リュディ、先輩、大丈夫かっ」

「わ、私は大丈夫だ」

「私も……」

俺は先輩達がつからないよう持ち上げたまま、あたりを見回す。すると右手側に階段のような物があったので、そこに例の液体がない事を確認し、二人を下ろす。

普通に考えると、罠には抜け出すための階段なんてなさそうであるが……特殊なエロ罠のせいだろうか？

下りてきたななみ達と合流し、俺達はいったん上に進んでいく。階段を上ってすぐに姉さんは俺の体をチェックした。

「この液体から嫌な感じを受ける。ゆきね」

先輩は頷《うなず》くと、すぐに水魔法を使い俺を洗い流す。姉さんは解毒の魔法を使ってくれた。

「幸助……」

そう呟《つぶや》くリュディと心配そうな顔で水魔法を使う先輩を見て、ホッとため息をつく。

「リュディ達が無事で……よかった」

本当に無事で良かった。もしヌラヌラになっていたら、良心の呵責《かしゃく》に苛《さいな》まれながらもムラムラして、扉を開き新世界へ旅立っていたかもしれない。

「ご、ごめんなさい。私が不注意だった……」

「すまない、私も迂闊《うかつ》だった」

と二人は言うが、

「二人とも、もう謝らないでくれ」

実際の所、俺が悪いのだ。もっと早くに行動していれば、この惨状にはならなかった。それに俺はリュディや先輩のエチエチな姿を見たくて、わざと黙ろうともしていたのだ。

「幸助……」

リュディは俺をタオルで拭《ふ》こうとしていたが、手を止める。そしてタオルをそのまま握りしめ、感極まったかのような表情をしていた。先輩も水魔法を使うのを忘れ、ぼうっとこちらを見ている。

「ご主人様……」

俺は声をかけられ、横を見る。そこにいたのは、思い詰めた表情のななみだった。彼女は深々と頭を下げた。

「大変申し訳ございません」

一体何のことだ、そう思った。

「罠を探知出来ませんでした」

それを聞いて、なんだ、そんな事かと首を振った。

「謝る必要なんて無い。今日は探知でも戦闘でもずっと頼りになった」

今回の件はど——考えても俺が悪いのだ。まったく、そんな目で見ないで欲しい。罪悪感が募るんだから。

ある程度拭き終わったため、その場から移動する。そして目的でもある宝箱の前にやってきた。リュディは先ほど罠に引っかかりかけたからか、おそるおそる宝箱を開けようとする。皆がこちらに顔を寄せ、宝箱の中を覗《のぞ》きこむ。

中に入っていたのは、五つの指輪だった。赤い宝石が埋め込まれた指輪、青い宝石が埋め込まれた指輪、緑の宝石が埋め込まれた指輪、黄色の宝石が埋め込まれた指輪。そしてみすぼらしい指輪が一つである。

ゲーム通りだ。宝石の埋め込まれた四つの指輪は火、水、風、土属性能力を強化する指輪である。その能力は序盤に入手出来る物にしては……、

「……凄《すご》い力」

「私は何度もダンジョンに挑戦しているが、こんなに良い物なんて見たことが無い」

それなりに使え……あれ？　姉さんも先輩も冗談を言ってるんだよな？

「本当に凄い力を感じるわね」

……ツクヨミ学園ダンジョンが八十七層までしか攻略されていない事を考えれば、妥当な評価かも知れない。この四つの指輪はゲーム中盤までは強いから。終盤は力不足になるが。

「私の低い鑑定レベルでは、あまりよくわからない」

と姉さんは前置きし、簡単な鑑定結果を話してくれる。もちろん俺には分かりきってい

るが。

姉さんの説明では赤い宝石に火の力、青い宝石に水の力、緑の宝石に風の力、黄色の宝石に土の力を感じられるらしい。みすぼらしいのはよく分からないけど、この四つに比べたら格下の魔力しか無いと。

俺は話が終わったのを確認し、その四属性指輪を手に取る。そして彼女達の得意属性に合わせて配っていく。

赤みの強いルビーのような宝石がついた指輪をななみに。まあ何でも平均的に使える子だが、今は火属性を使うことが多いから良いだろう。

サファイアに見られる深みのある青い宝石の指輪を先輩に。水属性の得意な先輩に最適である。

深い森を彷彿《ほうふつ》とさせる、エメラルドの指輪をリュディに。風といったらリュディ。これから先もお世話になることであろう。

そしてシトリンのような黄色い宝石がついた指輪を姉さんに。姉さんが土属性を使えるか分からないが……一応、ね。

「俺はこれを貰おう」

そして俺が手に取ったのは残ったみすぼらしい指輪。

「えっ、幸助は本当にそれでいいの？」

「……私達がこちらを貰って良いのだろうか？」

リュディと先輩が驚いたように声を上げる。

「他の指輪に比べれば、力はほとんど無い」

姉さんの言うとおり、俺の選んだ指輪は四属性指輪に比べれば、レアリティも能力も微妙だろう。しかしこれは俺ができない、罠探知能力がある指輪だ。まあ、効果が弱いせいで中盤以降は役立たずになるし、シーフ職やななみが指輪の上位互換スキルを持つのだが。だけど俺はこれが欲しかったのだ。言い換えれば、これがなければならなかったのだ。それにだ。アイテムは有用に使える人材が使ってこそ最高の威力を発揮するのだ。あまり属性魔法を使わない俺が持っていたところで、宝の持ち腐れだ。と、俺が皆から許可を貰い指輪をしまうと、姉さんがすっと手を差し出してきた。

「私はダンジョンに潜らないから」

姉さんは俺に指輪を持たせると、その手で頭をなでてくる。

……なんでなでられてるんですかね？

「……出よう」

俺達は姉さんの言葉に頷き、帰還用の転移魔法陣へ歩いて行った。

転移魔法陣を使って戦乙女像の前に戻り、外へ向かおうとして俺はふと気が付いた。

「おっと、靴の紐《ひも》がほどけてる。皆、先に出ていてくれ」

こんなに暗くて狭くて空気の悪そうな場所にとどめておく理由は無い。先輩達は返事をするとそのまま外へ出て行く。

靴紐を結び終え、俺も早く追いかけないとな、そう思ったときだった。

目の前に俺の体の影が出来たのは。

後ろに何かしらの光源がある。俺はストールに魔力を込めながら戦乙女像の方を向いた。

三体の戦乙女像の中心に、光り輝く玉が浮かんでいた。それは眩《まばゆ》い光を放っていたけれど、やがて光は弱まり、そして三つの三角形に分割する。

それらはそれぞれの戦乙女像の前にあった台座まで浮遊すると、その台座の上をゆっくりと降り、光が消える。

そのうちの一つは純白だった。

大事なところを隠す三角形は、ポリエステルのような合成繊維を使用したのか、光をうっすら反射する光沢があり、その周りを彩るように白いレースが付いている。また後ろはほとんど紐と言っても過言ではなくて、隠せるのかどうか甚だ疑問である。

さて、これは記憶に刻まれていた、リュディのきわどいショーツである。

そのうちの一つは青だった。

それのベースとなっている布は綿素材で、全体的にしっかりとした作りになっていた。きわどさもなく、大切な部分を隠せるだろう。

またそのベースの布の上部は、雪の結晶を模したレースで飾られ、腰周りには白いフリルが付いていている。

さて、これは記憶に刻まれていた、先輩のハイセンスなショーツである。

そのうちの一つはピンクと黒だった。

もはや手にとって触ったものだ。

さて、これはぬくもりすら思い出せる、姉さんのエッチなショーツである。

「ふぅーっ」

おちつけ、現状を整理しよう。

三つの台座には三つのパンツがある。

唾《つば》を飲み込む。

これ以上無いくらい高鳴る胸は、限界までアクセルを踏んだエンジンのようだった。俺は自分に落ち着けと言い聞かせながら、おそるおそる出口へ顔を向ける。

そこには誰もいなかった。

「どうかしたの？」

皆と合流し、さあ帰ろうかと歩き始めてすぐだった。リュディが俺を見てそう言ったのは。

「な、なんだ？　別にどうともしていないが」

平静を装いそう言っておく。

「そう？　なんだかいつもと雰囲気が違ったから……？」

いけない、深呼吸だ。深呼吸して心を落ち着かせるのだ。

「ちょっと疲れただけだよ、すぐに元気になる」

と俺が言うとリュディは少し不思議がりながらも、それ以上問うことはなかった。しかし。

「さて、何を使用して、どこが元気になることでしょうか」

ビクリと体が反応する。ふと横を見てみれば、ななみがいた。

「ご安心下さいご主人様」

彼女の様子を見て察してしまった。

嘘だと言って欲しい。

しかし、俺の心が言っている。

ななみは気がついている。絶対に気がついていると。

「ご主人様と私《わたくし》だけの秘密ですよ」

四章　準備

　リュディ達が店舗特典の指輪を入手した事により、俺が花邑《はなむら》家関連で一番弱くなったと言えるだろう。もうね、はっきり言おう。リュディはそこら辺の一年生と比べるのもおこがましいほど、隔絶した力を持っている。俺より伊織《いおり》を倒せる確率があるのではないか？　そう思ってしまう程だ。

　だからといって負けっぱなしではいられない。

　必要なのは自分自身の強化であろう、そのための準備は整えた。アイテムも用意した。協力者《ななみ》もいる。

　となれば真っ先にすること。学園をサボってダンジョンへ行くことである。

　リュディは「テストが近いのに良いの？」と心配してくれたが、正直テストとかどうでも良い。……いや、正直に言えば少し気になっているが。もし受けられるならば受けてもいい。赤点は取らない……と思う。最悪、オレンジやカトリナよりは良いだろう。多分。

「と見せかけて、ななみとデートですね」

「何が、と見せかけてなんだ……？」

　行く準備を整えてななみに声をかけようとすると、ななみはため息をつきながらそう言った。

「ご主人様のお考えをお当てしましょう、昨日はダンジョンを攻略しました。ななみの縞《しま》パンゲットで超興奮」

「ダウトぉぉぉぉっ」

　何がダウトかはいわずもがなだ。

「今日は家で一人運動にいそしむぜ」

「話聞く気ないよね？」

　しかも前のセリフを考えたら何の運動か小一時間問い詰めたくなる。

「冗談でございます、ええ。本当は動画を見ながらイカ刺しを食べつつ、ぐいっと一杯でしょう？」

「おっさんかな？　仕事に疲れたおっさんかな」

「では年間フリーパスを持っているツクヨミレジャーランドで、スイーツ食べつつアトラクションを堪能ですね？」

「ＯＬかな？　ようやく来た連休に心躍らせるＯＬかな？」

「では間を取ってななみとデートですね」

「間とってねぇ、斜め上に飛躍したぞ」

「持ち物はお体一つで十分です。服は……まあ外を出歩くわけですし、なくても良いでしょう」

「おまわりさん、私です！」

いったい何が目的なんだと問うと、やれやれとななみはため息をつく。

「簡単な事でございます。もしご主人様はリュディ様が前日ダンジョン攻略をして凄《すご》く疲れているのに、あろうことか家でクラリス様と模擬戦したのち、徹夜で調べ物をしていたのを目撃しました」

「まんま俺だな……」

ちなみにベッドの上は姉さんが占拠していた。

「そんなリュディ様は少し元気がない、それでもダンジョンへ行こうとしております。もちろんご主人様はリュディ様を引き留めますよね？　それと同じ事です」

ああ、と納得した。そりゃあ俺の立場ならもちろん止めるだろう。俺じゃなくても姉さんや毬乃《まりの》さん、先輩、ななみでも止めるだろう。

「要するに皆心配しているって事だな？」

「そうです。私《わたくし》が何を言いたいかは、もうおわかりですね？」

ああ、分かったよ。だからななみとデートなんて言葉が出てきたのか。どういった形でも良いからダンジョンはお休みして、今日ぐらいゆっくりしろとそう言いたいのだろう。

ななみは天使のような笑顔で頷《うなず》いた。いや、天使だった！

「では、服を脱ぎましょうか」

「結論がおかしいよね？」

前言撤回だ。何で満面の笑み浮かべてるんですかね。ただし俺の行動で心配をかけているのは事実だ。まあ今日一日くらいなら休んでも大丈夫か。

「まあ今日ぐらいなら休んでも大丈夫か。確かに少し疲れているしな」

そう言うと、ななみは目を丸くした。

「どうした？」

「いいえ、思ったよりも早く納得してくださったなと。最悪ソロでダンジョン攻略に行かれるかと思いました」

いままでの俺の行動を鑑みたらそれもあり得る話だろう。家に居るよりダンジョンに居る方が長いのではという疑惑が生まれつつある。

「心配してくれる人達に感謝することはあっても、文句を言うことは無いと思うけれどな」

それに次のダンジョンでしなければならないことは、いわゆる一つのズルである。それをするためには一人では効率が悪い。ならば知り合いにお願いして行くのがいいだろう。

とはいえ授業中にホイホイと抜け出せるような知り合いなど、ななみ以外に居るはずもなく。

「今日は休むが明日は頼むぞ、ななみ」

「ええ、駆逐艦に乗ったおつもりで頂ければ」

「大船ではあるんだけどなぁ、そこはかとない不安が俺の中で渦巻いてやがる」

とはいえ、今日だ。

「いったいどうするよ？」

手を広げ困ったぜとアピールする。するとななみは、では……と切り出した。

「ご主人様は行きたい場所や欲しい物等はございませんか？」

「行きたい場所ねぇ……」

まあ欲しい物はあるんだよな。ツクヨミ学園ダンジョン攻略前にいくつか準備したい物があった。なんならそれを今準備するか。なら行くとすれば。

「街だな。魔石を扱う店に行こう、一緒に来てくれるか？」

「当然お供致します」

そう言うななみは、ぽんと手を叩《たた》くと、ああと呟《つぶや》く。

「お召し物はどうなさいますか。今日は快晴で暖かいのでぜん——」

「全裸では行かないからな!?」

それから準備をして待ち合わせ場所の近くからそこを覗《のぞ》くと、既にななみがいた。彼女は俺の姿を見つけると、なぜか走り出し草むらに隠れる。

嫌な予感がする。このままきびすを返し、一人で買い物行くのも有りかもしれない。しかしここは一応待ち合わせの場所である。

「申し訳はぁはぁ、んんっ、ございまっぁぁーん、ハァハァおまたはぁぁぁぅせしました、ご主人さぁまっハァハァ♪」

「誰だお前……キャラ変わってんぞ。いや、そもそも俺より先に来てたよね？」

暇そうにツクヨミトラベラーを触っていたかと思いきや、俺を見た瞬間走って隠れやがって。

「えっ何を仰《おつしや》ってるんですか。そんなわけないではありませんか」

しれっと顔を変えるといつものクールなななみの姿に戻る。

「さて、ご主人様。私《わたくし》この日のためにおめかし致しました。どうでしょう似合っていますか？」

「……」

そう言われてななみの全身を見る。いつもの様子にいつものメイド服。普段と、しかもついさっきの彼女となんら変わらない気がするのだが、いったいどこをおめかししたのだろう。

確実にツッコミ待ちだろう。とりあえず主導権を握られっぱなしも悔しいので、曖昧《あいまい》な回答で誤魔化《ごまか》そうか。

「似合ってるよ」

「そうでしょう、そうでしょう。少し値が張りましたが購入して良かったです」

服の話だろうか？

「なるほどな、道理で美しく見えるわけだ」

「ええ、私《わたくし》もお気に入りです。防御力が上がるので被《かぶ》るのも良いんですけどね」

「確かに良さそうだな」

「そうでしょう、そうでしょう。私《わたくし》の物で恐縮ですが、ご主人様もどうですか？」

「機会があったら是非な」

「ああそう言われると照れます。そんなに私《わたくし》のショーツを褒めていただける上に被られるなんて……」

「ショーツの話だった！」

適当に話を合わせてたらショーツを賛美する変態になっていた！　被る機会は一切ないだろうな！

「見えないのにこんなに褒めていただけるとは思ってもいませんでした」

ショーツだと思ってなかったからな。まあ、適当な冗談で合わせるか。

「そうだなぁどうやらいつの間にか透視能力を得てしまっていたようだ」

エロゲかな？　エロゲの世界だからあってもおかしくはないか。てかさ、何やってるんだろうな、俺達？

「冗談言ってないでそろそろ行こうか」

「そうですね。参りましょう」

と俺達は歩き出す。広大な花邑家の敷地を抜け、住宅街へさしかかったときに「そう言えば」とななみが切り出した。

「ご主人様。私《わたくし》はご主人様と価値観を共有したいと思っています」

いったい何の話だろうか。とりあえず共有したいかしたくないかで言えば、

「まあ、俺も同じ事を思っているぞ？」

ななみは頷く。

「真面目な話になってしまい非常に恐縮なのですが」

「真面目な話なのに、恐縮なのか……別にそんなことないぞ」

ななみはすっと手を出す。左手の薬指。俺のあげた指輪はそこにはまっていた。なんでそこにはまっているんですかね？

「ご主人様はこの指輪に関してどのようにお思いですか？」

指輪、ね。

「……どういった答えを求めてるんだ？」

「私《わたくし》が知りたいのは価値です。この指輪にいったいどれほどの価値があるのか、私《わたくし》には分かりません」

俺がどう答えるかを悩んでいるとななみは話を続ける。

「前提として話させていただくと、私《わたくし》はご主人様が自分の事について話したくないのは理解しております。答えたくなければ話さなくて構いません」

そう言ってななみは指輪を見つめる。

「私《わたくし》には疑問だったのです、たったこれだけの力の指輪に、なぜ皆がああも驚いていたのか」

宝石に光が当たり、ぴかりと反射する。

「リュディ様、雪音《ゆきね》様そしてはつみ様までもがこの指輪にそれだけの価値を見いだした」

思い出してみれば、確かにあの場面でななみだけが驚いていなかった。

「しかしご主人様は違います、私《わたくし》と同じ反応でした」

はあ、とななみは息を吐く。

「もしご主人様が皆様と同じ反応だったら疑問を持たなかったでしょう。この世界ではこういった価値観なのだと理解できたので」

しかし俺はそれの価値は低いと思っていた。

「さて、本題です。ご主人様は他の皆様とはその指輪の価値を同じと捉《とら》えていないのではないですか。皆様ではなく、私《わたくし》と同じ価値観を共有している」

「つまり、俺はその指輪を皆が思うほどの価値があると思っていない、と」

「ええ、仰るとおりです。いかがでしょう。もし答えられないのであればこの……」

思わず笑う。

「大丈夫だ、大丈夫。ななみの言う通りだ」

だってこの防具は序盤から中盤のつなぎとして利用されるだけの物だ。

「これに俺はさほど価値を感じていない」

「……このことを自分の中でとどめておくか、直接聞くべきか悩みました」

俺が話せない理由の核心に迫りそうだから、遠慮したのか。

「いや、気になったら聞けば良い。ななみは信頼しているし。よっぽどの事でなければ答えるさ。それに」

「それに？」

「いつか必ず全部話すよ。ただもう少し待ってくれ」

少なくともサラクエルのイベントが終わるまで。それまでは何もしたくない。

「明日、ダンジョンで驚くと思う。今回の指輪の事とはまた違った意味でな。楽しみにしててくれ」

システムの裏をついた準備だ。

「ええ、では楽しみにしております」

ということで。ななみと今回来たのは業界大手の『柔らかそうな地図みたいな名前の店』の店舗特典についてくるアペンドディスクのダンジョンである。

この『故地《こち》の淀《よど》』は『薄明の岫《ななみのいたところ》』や『暗影の遺跡《ショーツダンジョン》』と同レベル帯のダンジョンではある。

しかし登場モンスターに一段以上も上のモンスターが出現することがある。

ただし、それは普通に出現するわけではない。

では、一体どうやって出現するのか？　それは、罠《わな》である。

「ご主人様、行きます」

「おう」

ななみが罠を稼働させると、空から魔物が降ってくる。土埃《つちぼこり》を巻き上げながら、重量感のある音をあたりに響かせ、そいつは降り立った。

ジディアオと呼ばれるそいつの見た目を簡単に言えば、大きい亀である。軽自動車ぐらいだろうか。亀にしか見えないが一応龍《りゅう》の仲間である。よく見てみれば足や手に鋭い爪があったり、一部に鱗《うろこ》がついていたりもする。

初めてゲームをプレイしたときは、ジディアオの強さを知らず突撃し、パーティが壊滅したものだ。なんとか生き残れたのは、ジディアオの歩く速度が遅い所為《せい》だろう。唇を噛《か》み、これで勝ったと思うなよ！　だなんて捨て台詞《ぜりふ》を残し、一目散に逃げだしたものだ。

後から知ったことではあるが、正規のダンジョン攻略法はそれであった。

あのジディアオは実はこのダンジョンの適正レベルモンスターではない。罠で出てくる数段上の特別な魔物である。そのためこのダンジョンに適正レベルで来れば、まず勝てない。もし倒したいのであれば、レベルを上げてくるのが普通、という魔物だ。

間違って罠を踏み、ジディアオが現れてしまったらどうするか？　足が遅いという弱点があるのだから、逃げるが正解である。

しかしだ。逃げるのは正解で間違いないが、罠を踏んで強敵と邂逅《かいこう》するというピンチを、そのままピンチだと思って良いのだろうか。

いやピンチこそチャンスである。それを有効利用することによって、チャンスに変えるのだ。

考え方を変えよう。

確かに罠は悪意あるものである。しかしその罠をうまく使えれば、それはなんて有益な物なのだろうか。今回の場合だと、低レベルダンジョンで、それなりの経験値を持った魔物が出現させられる罠となるのだ。俺が大人になって罠が少し好きになったのは、こういった利用法を覚えたことが一つの要因である。まあ恨みの方が多いのだが。

さて、有効利用するためにどうするか。

まず考えなければならないのは、出せたからといって、コイツを倒せるか、という点である。

結論から言うと、低レベルでも倒せないことはない。

エロゲ「マジカル★エクスプローラー」が人気になった理由の一つとして、しっかりとした『弱点』設定とバランス調整がある。まあ一部ボスには無いのもいるが。ただ、この亀も弱点があり、しっかり対策さえ講じれば、低レベルでも倒せる魔物である。

そう、倒せるのだ。もしリスクを下げて討伐できるなら、それはなんて素晴らしい経験値稼ぎだろうか。

それを見たななみは驚いた。まあ当然だろう。初めて来るダンジョンであるはずなのに、なぜこんな罠を使った稼ぎ方を知っているのかと。

すでに何かを察している上に、今回の件で確信に近づいたかも知れない。しかし聞きに来ないところを見るに、俺が話すと言ったことを信じてわざと黙っているのだろう。

まあななみはいい。問題はこの狩りだ。

「結構苦痛だ……」

俺は落ちてきたジディアオをすぐさま第三の手と第四の手でひっくり返す。手足をじたばたさせている亀を一列に並べると、ななみはまた罠を作動させた。

そして降ってきた亀を、すぐさまひっくり返し無力化すると列に並べる。

そしてある程度たまったところで、ななみがエクスプロードアローで腹を爆破し、俺が腹パンして討伐。次のを腹パンして討伐。

ゲームでは土属性の魔法などでひっくり返し、動けないところを一斉に攻撃、腹を破壊し大ダメージを与えるという戦法で魔素《経験値》を稼げる場所だった。今回もそれを利用しているし、すごく楽なのだが。しかしなぁ。

単調すぎる。

こんなの飽きるに決まってるんだよな。自宅で一人だったら動画見ながらやるから別に良いし、ＲＴＡ《リアルタイムアタック》で生放送だったら、視聴者のコメント見ながらやれるからまだマシなんだが。

「ななみ、俺が今考えていることが分かるか？」

ななみは無表情のまま、淡々と自分の職務内容をこなしている。

「もちろんご主人様のことなら手に取るように把握しております。ななみの使用済みショーツ、あと二つ欲しいな、ですね？」

「一ミリも考えてなかったわ」

そんなの考えるわけないだろ。まあ要るか要らないかで聞かれたら、回答は決まっているが。

「やはり保存用、観賞用、実用の三枚は欲しいですものね」

「一マイクロも考えてなかったわ」

そう言われると三枚あると便利……って俺は何を考えているんですかね。

「では穿《は》く用、被《かぶ》る用、手にもって掲げる用ですね」

「一ナノも考えてなかったわ」

なにその三種の神器。ただのド変態じゃないか。お前被るの好きだよな。

「まさか、布教用ですか⁉」

「どこにナニを布教するんだよ⁉　しねえよ！」

「良かったです、ご主人様以外に提供するのは、苦痛しか生まれないでしょうから」

「俺は良いんだ……」

なんか、その、ちょっと嬉《うれ》しいような。

とアホな会話をしながらも、しっかり手は動かす。ただ、やはり飽きるものは飽きる。

落ちてくる亀。

ひっくり返し並べる俺。

落ちてくる亀。

ひっくり返し並べる俺。

たまったところでエクスプロードアローをして腹パン。

これを続けるのかぁ……。

「我々に魔素はしっかりと入っております。頑張りましょう」

ななみの言葉に頷《うなず》く。

「そうだなぁ……」

面倒だけど今後を考えればこの作業は必須《ひっす》である。魔素集めでの自身強化には。

それから休憩を挟みながら数時間狩って、ようやく亀狩りをやめることにした。

狩りは上々であろう。魔素を集めることでのステータス上昇に関して、実感がしっかりある。腹パンをするうちに、だんだん力を込めなくてよくなったこともそうだ。今なら、ななみのエクスプロードアローが無くても、ソロでなんとか出来ると思う。しかし罠起動や並べるといった作業の効率化が出来るから、二人の方が断然良いだろうが。

「この後はどうされますか」

ななみに聞かれたが、することは決まっている。

ダンジョンの奥には今か今かと待っているであろうボスがいる。そしてそのボスの先には宝箱もある。ただその宝箱の中身は、伊織には良い物だとしても、今の俺にとっては不要な物だ。そしてボスはＨＰだけはとても高いが、稼ぎに使っていた亀《ジデイアオ》にも劣る弱さである。それを知っている俺が導き出す結論は。

「よし、ボスは放置して家に帰ろう！」

ななみは唖然《あぜん》としているが、行く気は無い。だって行く意味が無いんだもの。

ダンジョンクリアボーナスでもあるならば、行くのも良いだろう。しかしこれはマップにコンプリートマークが付くわけではないし、もし仮に奥まで行っても、経験値的にも技術的にも得るものはほとんど無い。

そんな時間の無駄をしていられるだろうか。とあるゲームのＲＴＡでは、町が魔物に襲われて火の海になっているというのに、クリア時間短縮のため魔物《イベント》をガン無視する上に、民家から金やらアイテムを盗んで、別の町で売り払うことも平気でするんだ。それに比べたら、なんて平和な時間短縮だろうか。

それにもう予定は決めている。帰宅していつもの素振りをしてシャワーである。そして空《あ》いた時間で、リュディ達とゲームしたり動画見て笑っている方が、気分転換になるし百倍有意義である。わざわざ行く必要性は微塵《みじん》も感じられない。

「じゃあ、帰ろうか」

と俺が言うと、ななみはメイド服のポケットから円形のアイテムを取り出し、魔力を込めて起動させた。

CONFIG

五章　それぞれの思い

Magical Explorer

Reincarnated as a Eroge Hero's Friend, I'll live freely with my Eroge knowledge.

—リュディ視点—

夕食を終えて里菜《カトリナ》さんに勉強を教える為のノートをまとめているときだった。毬乃《まりの》さんからメッセージが届いたのは。

曰《いわ》く話したい事がある、とのこと。

毬乃さんが呼び出すのは珍しい。私はすぐにノート類を片付けると、リビングに向かった。

そこにはすでに幾人かが集まっており、うち一人は花邑《はなむら》家にいない人だった。

「雪音《ゆきね》さん？」

私がそう言うと、雪音さんはにこりと笑う。

「こんばんは、リュディ」

「雪音さんも呼ばれたんですか？」

雪音さんの隣に座ると彼女は体をこちらに向けて頷く。

「ああ、そうだ。急に学園長からメッセージが来て、な」

と雪音さんは首だけを動かし毬乃さんを見つめると、彼女はななみとの会話をやめて、こちらを見た。

「これで皆集まったわね♪」

私は部屋全体を見つめる。室内にいるのは毬乃さん、はつみさん、雪音さん、ななみ、私、クラリスの六人である。そしてここに彼がいないことを考えれば、議題は自《おの》ずと導き出される。

幸助《こうすけ》のことだ。

「さて、もう察している人もいるかと思うけど、コウちゃんの事です」

やはりそうであった。ここに居るメンバーは何かしらの感情を幸助に持っている。私も含めて。

「実はコウちゃんが突拍子も無く、非常に危険で、常軌を逸したことをする予定であることが判明しました♪」

毬乃さんがそう言ったのを聞いて私は思わず眉をひそめる。

「本当ですか……？」

「そうなの。それでななみちゃん……ん、なに？　この呼び方ダメ？　え、さんにして？　そんな他人行儀なこと……恐い目で見ないでよぉ」

なんでななみは、私には呼び捨てか愛称で呼ばないと怒るのに、毬乃さんにはさん付けで呼ばせるんだろう？

「こほん、ななみさんと相談した結果、私達はコウちゃんを応援することに決めました」

ぽけーっと毬乃さん達を見つめていたが、やがて正気に戻る。アイツは何かをやらかす予定らしい。それも危険なこと。

「学園長、それはいったい何なのでしょう？」

雪音さんが聞くと、毬乃さんは笑顔で頷いた。

「ええ、試験をサボって学年一位を、それも異次元な成績を残すそうです」

毬乃さんの言葉に私は首をひねる。

「試験をサボって学年一位って、そんなこと出来るんですか？」

すると、

「……察した」

「なるほど、サボって………その手があったか」

はつみさんと雪音さんがそう言う。はつみさんの表情はよく分からなかったけど、雪音さんは納得したように頷いていた。

「じつは出来ちゃうのよねぇ」

クラリスも気になったようで、テーブルに手をつき、体を少しだけ前のめりにして、

「それは、一体どうやって、でしょうか……？」

そう言った。

「試験を受けていないのだから、順位表を見ることもない。それで想像するのは不可能だろう。一度でも受ければ違うのだが」

「そうねぇ、一度受ければ分かると思うんだけど。リュディちゃん。うちの学園の卒業条件は分かるわよね」

「はい。必須科目で単位を取るか、ツクヨミ学園ダンジョン六十層を突破することですね……もしかして」

ふと思う。ダンジョン六十層を突破で卒業という事は？

「ええ、多分想像したとおりだわ。ツクヨミ魔法学園の成績は、試験の点数とダンジョンの攻略階層で決まるの」

なるほど、ならばサボっても一位は取れる。ダンジョンに挑めばいいのだから。

「学園長、私は疑問があります」

そう言うのは雪音さんだ。

「ダンジョンの配点はかなり高いため、十数層も攻略すれば学年一位は余裕で取れるでしょう。しかしなぜ非常に危険で、常軌を逸したことと仰《おつしや》るのでしょうか」

「私も同じ疑問。十数層なんて今のこうすけなら余裕」

毬乃さんはそれを聞いてウンウン頷く。

「そうよねぇ、私も一年生の最終目標である二十層までなら今でも余裕で行けると思ったわ。でもね、コウちゃんが目指している所はさらに深いの……」

そう言って毬乃さんは小さく息をつく。言葉を引き継いだのはななみだった。

「ご主人様は至極軽いノリで仰いました。四十層をソロでと」

ガタンと音を立て、雪音さんが立ち上がる。

「まさかっ⁉　四十層だとっ⁉」

「……しんじられない」

そしていつも無表情だった、はつみさんの顔が、驚愕《きょうがく》に染まっている。

「その、四十層はどれくらい凄《すご》いことなのでしょうか」

私の疑問はクラリスが代弁してくれた。雪音さんは一度深呼吸をすると、ゆっくり口を開く。

「四十層は私達二年生の目標階層だ。確かに二年生でも私を含む幾人かが既に攻略を終えているだろう。しかし最初の攻略で行けるかというと、そうではないっ。なにより、ソロでだなんて……」

「無茶《むちゃ》で無謀。こうすけは無知？」

「私もね、無理無理って笑ったんだけどね。そしたらコウちゃんも一緒になって笑ったのよぉ……」

　すっと毬乃さんから笑みが消える。

「でもアレは本気の目だった」

「確実にご主人様は挑むでしょうね」

　ななみの言葉に毬乃さんは頷く。

「ええ、そうね。もうね、一回大きく失敗してしまえば良いじゃない、なんて私も思ったわ。だけどね、どうやらコウちゃんは、ただただ叩きつぶされるつもりはないみたい」

「ご主人様は、現在とあるダンジョンに行っています。そして異常な早さで、強くなっております。おかげで私《わたくし》もおこぼれに与《あずか》りました」

「ななみさんの言うとおり、コウちゃんはどんどん強くなっているわ。そしてね、私は思うのよ……」

　毬乃さんはその続きを喋《しゃべ》らなかった。でも、私は毬乃さんが何を言いたかったか理解した。

「でも、コウちゃんがしようとしていることには、もう一つ問題があるのよね」

「……わかった。期間」

　そうはつみさんが言うと、雪音さんが、ああと声を出した。

「そうか、テスト結果発表があるから、一週間ぐらいしかないのか……！　今年のツクヨミ学園ダンジョンの解禁は、試験初日。そこから五日でテストを終えて、集計した結果が張り出されるのが三日後。絶対に無理だ。瀧音《たきおと》は知っているのか？　前一緒に攻略したダンジョンよりも一フロアが格段に大きいんだぞっ!?」

　私もなんとなく察した。一位で四十層という事は、テストが集計されて、順位に反映されるまでに、四十層を攻略しなければならないということだ。

「ええ、そうね。学園生最速の記録は、元三会会長達がバックに付いた状態の、雪音ちゃん、紫苑《しおん》ちゃん、フランちゃんで打ち出した、初挑戦から六ヶ月。もう破られることは無いだろうと言われている記録」

　毬乃さんの言葉に、クラリスが驚いたように声を上げる。

「そ、そんなに長くかかるダンジョンを一週間で、ですか!?」

「瀧音はどうやって成し遂げるのだ……私達の時は授業などがあったから、たまにダンジョンへ挑んで帰って、数日経った後にダンジョンにといったように、少しずつ進めていったから六ヶ月だ。それでも以前の記録を三ヶ月縮める大記録だったんだ。単純にダンジョン内にいた時間だけを集計するなら数週間ではあるだろう。しかしそれを一週間？　ソロで？」

「信じ、られない……」

　雪音さん、はつみさんがこんなにも驚愕するということは、相当なことなのだろう。

「私は提案したの、誰か連れてったらって。本当はリュディちゃんや雪音ちゃんやななみちゃ……イタイ、蹴《け》らないで！　……ななみさんと一緒に行きたいんですって。でもどうしても今回ばかりはソロじゃなきゃダメなんだそうよ。理由は教えてくれなかったわ」

「ご主人様の思考は私《わたくし》や毬乃様では、及びもつかないような高次元……いえ、もはや異次元にあると言っても過言ではございません。だからこそ私《わたくし》は思うのです」

　そう言ってななみは真剣な表情で皆を見つめる。

「ご主人様なら成し遂げてくれると」

「私とななみさんは、応援することに決めました。私は一応教師だからあまり特別扱いできなくて、出来る範囲で協力するぐらいだけど……」

　そう言って毬乃さんは私と雪音さんを見る。

「それでね、みんなに協力して欲しいの。試験が近いのは理解しているわ。コウちゃんの力になって欲しいの。このとおり」

　そう言って毬乃さんは頭を下げる。しかし頭を下げる必要なんてない。

「頭を上げてください。私は言われなくても幸助の力になります」

　それを聞いた雪音さんは、フフと笑う。

「それは私も、だ」

　それを聞いた毬乃さんは頭を上げてすっと立ち上がる。そして零《こぼ》れんばかりの笑みを浮かべた。

「リュディちゃんは初めての試験前なのに、ゴメンね。雪音ちゃんも」

毬乃さんはこちらに来ると雪音さんの肩に手を置く。

「ありがとう、これからも力になってあげて。そうだわ、もしここまで来るのが大変なら、住んで良いのよ？　いずれ来るんでしょうから」

はて、いずれ来る？　何の話だろう？　と先輩と顔を見合わせて一緒に首をひねる。

「あ、そうそう、雪音ちゃん。それとね」

「？　なんでしょう」

「多分コウちゃんはあなたたちの役割を察している。だから彼はわざと目立っているように思うの」

それを聞いた雪音さんはきょとんとしていたが、少しして内容を理解したのか苦笑した。

「そうか、それを考えるならば、少しだけ残念です」

「多分その可能性が高いでしょうね……でも」

「ええ、私と瀧音の関係は変わりません。むしろこれからもっと関わることになるでしょう」

何を言っているかさっぱり分からない。取り残された私は理由を聞こうと思ったが、

「ゴメンねリュディちゃん。今は話せないの。でも貴女《あなた》もすぐ知ることになると思うわ」

先に断られてしまった。

「そうだな。それは私も保証しよう。テスト後には確実に知ることになるだろう。私から直接声をかけるからな」

気になってしまうが、そう言われたらしかたがない。

「分かりました、では……そのときに伺います」

「さて、話は終わり。雪音ちゃんは今日泊まっていきなさい。クラリスさん、お願いして良いかしら」

「ええ、分かりました」

そして私達は部屋から出た。雪音さんはクラリスに任せていったん部屋に行こう……いや、クラリスに任せて良いだろうか。

少し聞きたいことがあった。だって最近の雪音さんは心ここにあらずの時があるから。

ゲーム「マジカル★エクスプローラー」において、学園内で一番目立つのは誰かと問われれば、俺は迷わずとある二人を推すだろう。理由は単純で、学園内での服装が明らかにおかしいから。

一人はまだ会っていないが、一人はすでに見かけている。式部《しきぶ》会の式部大輔《しきぶたいふ》（副会長職）、姫宮《ひめみや》紫苑である。

彼女の何がおかしいかと言えば、統一された制服があるというのに、その片鱗《へんりん》も感じさせない純和風の服を着るところである。一応、制服を必ず着なければならないという制約は無いらしいが、ほぼ全員が着ている制服を拒絶し、我が道を行く姿は感心するほどである。

また凛《りん》とした立ち振る舞いと美しい姿勢から、幼い頃から気品を持って生活してきたことが分かる。そして女性にしては高身長なのもあって、彼女はより目立っている。それはタンポポ畑の中に、一つだけ背の高いピンク色の菊が交じっているかのようだ。結構離れていても、あっ紫苑さんだ、と分かるぐらい目立つ。また学園生に嫌われている式部会の影響もあって、あたりの人が彼女を避けるような動きをする。そしてその存在はより引き立てられる。

しかし今彼女が一番目立つかと問われれば、そうではないかもしれない。

確かに紫苑さんは目立つ。癖の強いキャラでもあるから、さらに印象に残りやすい。でも現実になってみれば、必ずしも一番目立つとは言えない。

マジエクが現実になってより深く感じたことは、リュディが学園内で想像以上に目立つことである。トレーフル皇国の皇族である上に、とてつもなく美人なのだ。そりゃ話題にならないわけがないし、ＬＬＬというファンクラブができるのは仕方ないのかもしれない。

ただ、ＬＬＬ《リュディのファンクラブ》には『リュディ様が健やかで穏やかに生活できるよう、裏からフォローする』なんて決まりがある。だからファンクラブの人は不用意にリュディへ近づかないようにしているらしい。そして元々高貴過ぎる身分であることも相俟《あいま》って、リュディと親しい友人以外はあまり近づかない。

そのため彼女の周りには、何らかの聖域みたいな、不思議な空間ができあがっていた。生徒会会長であるモニカ先輩もまた同じような状態であり、それはもう非常に目立っていた。

しかし近頃彼女達に負けないほど注目を集める新星が現れた。

それは二人組らしく、うち一人は男性である。そいつは一部で悪い噂が広がっていたヤツらしい。またその男性は、人間の身長以上もある馬鹿でかいストールを着けており、あのリュディ殿下とよく話す人物でもあると。

ただ、近頃サボりまくっていたせいで、存在が風化しかけていたとか。なんでも、久しぶりにそいつが登校してきたら、銀髪でメイド服を着た超絶美少女を連れてきたんだってさ。その美少女メイドは、その男をかいがいしくお世話しているとかなんとか。誰だそいつら。

俺達である。

「ほら、なんだか皆ちょっと離れてこっち見てるし、その、噂してるし」

伊織《いおり》の言うとおり、学食内の視線はこちらに集まっている。まるで動物園に来たみたいだ。もちろん檻《おり》に入れられる方だが。

多分俺よりも視線を集めているであろう、超絶美少女ななみは何処吹く風だ。むしろこの状況を楽しんでいる。

見せびらかすように、かいがいしくお世話をしてくるまである。

でもさ、大きな声で「膝枕《ひざまくら》ですかっ！」とか言わないでくれるかな。

絶対遊んでるよね。でも驚愕《きょうがく》の表情でこちらを振り向く生徒達を見るのは、ちょっと楽しい。

あとできれば家でこっそり膝枕と耳掃除を……いや、恥ずかしくて言えないけど。

まあ、こんなんやってたらそりゃあ注目も集めるだろう。もし逆の立場だったら、俺もそいつを見て噂してただろう。そこを俺と代われと。

「……悪いな、伊織。俺から距離を取っても良いんだぜ？」

と俺が言うと、目の前にコーヒーが置かれる。どうやらななみが気を利かせて用意してくれたらしい。

ななみは続いて、伊織の前にコーヒーを置き、隣に星や月の形をした角砂糖を置く。1、2、3、4、5、6、7、8、9、10。

伊織はにっこり笑顔で「ありがとう」と言うと、砂糖を手に取る。俺は「ははっ多すぎだろ」なんて言おうと思っていたけれど、伊織はどばどばと全部入れてしまった。

しゅごく美味《おい》ししょうに飲んでりゅぅぅ。

「距離を取っていいって……幸助君は何言ってるの？」

そして俺の皿にある砂糖はハートしかないんだけど、星とか月も置いて欲しいかな。まあ、それはどうでも良いんだけど、この砂糖カワイイから自分用に所持しておきたいんだが。少しわけてほしい。

「僕は幸助君がとってもいい人だって知ってるし、それに、幸助君は友達だし。幸助君が僕のことをイヤだって言うなら……その、離れるけど……」

何だコイツ？

「伊織、好きな物を好きなだけ頼んでくれ。メニューの端から端でも構わない。お金は俺が払う」

まったく、なんて良い奴なんだ……！　俺がサボってた時のノートも貸してくれたし、テストのポイントじゃなくて、俺のポイント稼いでどうするんだ。そ、そんな事されたって、最強の座だけは渡さないんだからね！

「そ、それ友達じゃないよ！　それに幸助君はメッセージとかでダンジョンを紹介してくれたじゃないか！」

慌てる伊織を、まあまあとたしなめ、彼とななみ用にパフェを頼む。遠慮する伊織だったが、ノート代だと無理矢理《むりやり》納得させた。ななみは当然のごとく食べてる。

いや、あーんして欲しくて見ていたわけじゃないから。

まあ、くれるんだったらさ、貰《もら》うよ。美少女メイドにあーんされて嬉《うれ》しくない奴がいるだろうか？

口を開き待機すると、彼女は無言でスプーンを持ってくる。しかし俺の口の前で急に弧を描き自分の口に持っていった。

やるじゃねぇか。

「そういえばだけど、幸助君は試験大丈夫？　もう片手で数えられる日数しかないよ？」

俺が無理矢理ななみのパフェを食べようとしていると、伊織は苦笑しながらそう言った。

「大丈夫じゃないけど、大丈夫かな」

そもそも受けないからなぁ。

毬乃さんに根回ししてから、この数日間はノートや教科書は見ていない気がする。見たのはひっくり返った亀ぐらいか。

ていうかさ。皆に心配かけたくないから『リュディ達に言わないで』ともお願いしたんだけどな。

なんであの人次の日にバラしてるんですかね。

「？　カトリナさん達はリュディヴィーヌさんに教わりながら、図書館で必死にやってたよ。でも……うん、そのね……」

　大丈夫だ、言わなくても察せた。だから朝食の時にリュディが頭を抱えていたのか。

「まあ、大丈夫だ。どうせ俺は学年一位を取るし」

「ホントにぃ？」

　伊織は眉をひそめてそう言う。

「マジに決まってんじゃん、ん？　なんだななみ、結局してくれるのかよ」

ななみからパフェをあーんして貰い食べていると、優しい瞳《ひとみ》でこちらを見ていた伊織があっと声を上げた。なんだか急に恥ずかしくなってきたぞ！

「そういえば、図書館で思い出したんだけど、ななみさんやリュディヴィーヌさん並みに綺麗《きれい》な司書さんがいるよね」

「へえ、もしかして桜《さくら》さん？」

「あ、知ってたんだ。うん、そうだよ。何かね、本を借りる予定は無かったんだけど、後でここ使うんだから登録したほうが良いよって言われて、利用者登録したんだよね。すっごく美人で、思わず見とれちゃった」

「そっか、確かに綺麗だもんなぁ」

　まあこの世界に来てから会ったことは無いが。

「それで試験以外はどうなんだ？　ダンジョンとか」

「そっちも順調かな？　モニカ会長ではないんだけど、生徒会の人達と一緒にいくつかのダンジョンを攻略してるよ」

「へぇ良い感じじゃん」

　安心した。しっかり生徒会ルートを進めているみたいだ。この調子だと試験が終わってしばらくすると発生するイベントで、生徒会入会もできることだろう。

「幸助君のおかげだよ。いっぱいアドバイス貰ったし」

　まあ確かにアドバイスはしたけど。

「いや、俺は何もしてないようなもんだ。もし上手《うま》くいってるなら、それはお前の行動と努力の結果だ」

　実際俺がしたことは、行かなそうなダンジョンのうち、伊織向きだと思ったところを、さらりと紹介しただけだ。

「そ、そうかな？」

「そうなんだよ」

「そう言われると嬉しいな。一生懸命にやってたから。それに最近凄《すご》く調子が良いんだよね。強くなっている実感もあるし」

　才能も咲きかけていると。これなら生徒会入会辺りからは馬鹿みたいに強くなってくるだろう。だからといって。

「まあ、負けるつもりはないがな」

「もう、じゃあ僕だって負ける気はないけど」

ははは、と二人で笑う。俺のは色々冗談じゃないんだけどな。

▶ » « CONFIG

六章 『三強』水守雪音

Magical Explorer
Reincarnated as a Eroge Hero's Friend, I'll live freely with my Eroge knowledge.

水《みず》守《もり》雪《ゆき》音《ね》先輩は美しい。

いや、その容姿に限った話ではない。たしかに容姿も美しいのだが、その姿勢も、その薙刀《なぎなた》捌きも、物事の考え方も、心も、全てを加味して美しいのだ。

「先輩、何かあったんですか？」

しかし、最近の先輩は、どこか陰りがあるように見えた。

先輩はばつが悪そうに苦笑すると、頭を掻《か》く。

「なんで、そう思う？」

普段はどこか上の空。そして振られる薙刀はキレがない。

「うーん。なんかいつもより薙刀が美しくないなって」

ずっと先輩を見てきたから分かる。最近の先輩は、先輩らしくない。

「美しくない……か」

そう言って何かを考え込む先輩。

「悩みごとですか？」

先輩は喋《しゃべ》るかどうか悩んでいるのだろう。こちらを見て、うーんとうなる。渋い顔をしていたが、やがて腰かけやすい岩を指差した。

「少し……考えることがあってな」

二人で岩に腰かける。先輩の視線の先には滝があった。

「考えることですか？」

先輩は何か葛藤《かっとう》している気がする。そしてやがて観念したかのように息を吐き出し、小さく笑った。

「不思議だよ。本来なら瀧音《たきおと》に話すべきではないと思うんだが、なぜか話したい自分もいるのだ。そして求めている解答にたどり着きそうな気もする」

俺が黙っていると先輩は話し出す。

「私はどこまで強くなれるのかなと」

先輩は言葉を続ける。

「私にはずっと勝てないと思っていた目標の人がいた。まあ私の姉なんだが…………言われたよ。雪音はこの世界で一番になれる。だから私の代わりに目指して、と。約束してしまったんだ」

「……先輩なら世界で一番になれると思いますよ。俺が立ちはだかりますけど」

「ははっ、最後まで話を聞け……それでな、年を取って私は成長していっても、いつも前に姉がいるんだ。もうこの世界にいないはずなのに」

先輩の姉は亡くなっている。それもあんな亡くなりかたで。

「それでも修行しながらこの学園に来てな、モニカ会長や毬乃《まりの》学園長を見てしまった、知ってしまった」

先輩の声のトーンが下がる。

「皆が私に期待してくれているのはなんとなく分かるのだ。お前のように、面と向かって言う者もいたからな。しかし私はその期待に応《こた》えられるのかと自問自答している」

先輩の悩みは分かった。先輩は自信が持てていない。お姉さんが引っかかっているのだ。それを外してあげれば……。

「私は姉の言葉を思い出しながら、半信半疑ながらも強くなろうと思ってたんだが……」

「先輩。ちょっといいですか？」

もうこれ以上聞かなくても分かった。どうしなければならないかも分かった。多分今が行動の時なのだろう。

「これは俺のエゴなのかも知れません。だから聞かせて欲しいんです」

言葉を句切り先輩を見据える。

「先輩は強くなりたいですか？」

個人的には先輩に最強でいて貰《もら》いたい。俺が大好きな、三強の水守雪音に。もっともっと好きになった水守雪音に。だけど彼女自身の意思が大切だ。思ってもいないのにそれを押しつけるのは傲慢《ごうまん》だ。だから先に問うのだ。

俺が先輩を三強の水守雪音にして良いかと。

「なれるのか？」

「なれます。先輩の思う最強を超えられるほど。テスト前という貴重な時間なんですが……もしよければ……いえ今すぐ来て欲しいです」

先輩はテスト前、そして俺はダンジョン攻略前。まあ先輩の事だ。テスト前の準備はほぼ終えているだろう。先輩は俺とは違い模範的な優等生だ。

今が先輩の大切な時間であると同時に、俺の大切な時間でもある。今後を左右する大切な事を、劣等生扱いも覚悟した上で今まで積み上げてきた事の成果を出すときでもある。

それにこれは自分の成長に役立つ事でもある。タイミングは少し悪いかも知れないが、行って間違いではない。何より先輩を優先したいし、助けになりたい。

「先輩。俺と……ダンジョンへ行きましょう」

―雪音視点―

なぜ、地図にないダンジョンを知っているのかという問いは、愚問なのだろう。「瀧音だから」。今はその言葉で片付けられるほど、瀧音は瀧音だ。

しかし瀧音に関して言えることとして、彼自身を信じられるということがある。何も言わずに私の不利になるようなことをするだろうか？

絶対にないと言える。これまでもそうだった。ただ恥ずかしいこともなきにしもあらずだが。

『暁《あかつき》の迷宮《めいきゅう》』

瀧音に連れてこられたのは、そう呼ばれるダンジョンらしい。見た目はどうかと聞かれれば石造りの遺跡系ダンジョンに入ったようだ、と答えるべきか。

瀧音はたまに特殊なダンジョンやフロアを紹介してくれるが、今回もそれだった。

「迷宮とついている割には、迷宮らしさはないな」

また、魔物も出る気配がない。

「いえ、ここはある意味で迷宮なんですよ。自らの迷宮を攻略しなければならないんですから」

「……自らの迷宮？」

「ええ、それも人によって難しかったり、楽だったりするんです。ある意味で最強と戦えますよ」

　意味深な彼の一言に頭を悩ませるも、決してそれ以上具体的な話はしなかった。

「面白いですよね、パーティで突入出来るのに、一人一人が別々に戦うなんて」

　つまり複数人で挑めるが、途中で分かれて一人一人別の魔物と戦うらしい。そしてボスを倒せば、まだ攻略していない仲間の下へ行き協力して戦う事が可能になるらしい。

　また瀧音は自分自身が戦う相手に見当がついているとか。彼は私が戦う相手が誰か分からないと言っていた。しかし、口ぶりから見当がついているのではないかと思った。口には出さなかったが。

　なんにもない一本道をひたすら進んでいくと、そこにあったのは魔法陣だった。二つの転移魔法陣だ。しかしその魔法陣の前には古代文字で何か書かれている。

「ここからは一人ずつ行かなければならないみたいです」

　瀧音はそれを見て、さらりとそう言った。

「そうだ、先輩。一つ、覚えてて欲しいんですけど」

「どうした？」

「これから先に現れる敵は決して勝てない敵ではないです。確実に俺が早くボスを倒して先輩のところへ行くでしょうが、手を出しません。なぜなら先輩は勝てるから」

「必ず勝てる？」

「ええ、もしかしたら不安になるかもしれません。先輩だけでなく人によっては不安になるかもしれないです」

　そうして瀧音は私の手を取る。

「だけど勝てます。必ず勝てます。俺を信じて下さい。もし駄目で先輩に何かあったら、俺は先輩の面倒を一生見ます。だからわざと負けて下さっても構いません。全力で挑んで下さい」

　そう言って瀧音は私をじっと見つめていたが、不意に手を離すと「行ってきます」と言って左側の魔法陣の中へ入った。私は彼の姿が消えるのを見届けて、目の前の魔法陣に入った。

　そこには覚えがあった。私がこの学園に来てしばらく利用していたあの滝だった。

流れる小川、さえずる鳥の声、水が叩《たた》きつける音。肌をかすめる優しい風は、なんとなく少し重く自然の匂いがした。

　どうして良いか分からず、とりあえず滝の裏にでも行こうかと思い、進んでいる最中に、それを見つけた。

　その滝の真ん中にある、数人が乗れそうな岩の上に、何かがたたずんでいた。

居たのは黒い影だった。しかしよく見てみれば、それは私が毎日見ている姿にそっくりだった。

　そう、髪を下ろした私にそっくりだった。

だけど私とは決定的に違うところがある。彼女が手に持っていたのは『薙刀』ではなく『刀』だ。

影は何も言わずに刀を抜いてこちらに構える。そして気がついた。

呼吸がうまく出来ない。理解できない。

いったいどうして、なぜ、何が起こっている、どういうことだ、ああ嘘だろう、信じられない。

その姿を見て心の奥底にあった感情があふれ出てくる。そしてあふれた感情が無秩序に混ぜられて吐きそうになった。

影《あれ》は私ではない。私なんかではない。

その構えに見覚えがあった。幾度となくそれを見て、幾度となく比較されて、幾度となく私を悩ませ、最終的に刀を諦《あきら》めた。

「鈴音《すずね》……姉さん？」

ダンジョン『暁の迷宮』は特殊なパッチを必要とせず、大きな条件もなく、普通に挑む事のできるダンジョンである。そして一部キャラでは重要なイベントが発生するものの、根本的には攻略が必須《ひっす》のダンジョンではない。

またゲームの主人公聖《ひじり》伊織《いおり》を最強にするために必須のダンジョンでもない。しかし水守雪音ファンであれば、是が非でも来なければならない場所である。先輩が不要だと言わない限り、それはもう当然のごとく来る予定ではあった。

さて、このダンジョンは普通のダンジョンと違い、モンスターは一人につき一体しか出現しない。そして自分が一番強いと思っている人物やトラウマを持っている人物と戦う事になる。

先輩の方に出てくるのは多分自身の姉だ。あの人以外、考えられない。あの人が出てこないわけがない。

そして俺の方はもちろんあいつだろう。むしろあいつ以外考えられなかった。

魔法陣を抜けるとそこは毎日通る道だった。

もう散ったはずの桜が木を埋め尽くすほどに咲いていて、そこから花びらがひらひらと、秒速五センチメートルで落ちていく。

そんな桜並木をまっすぐ進んでいくと見慣れた門があった。そこはあのときのように閉じられていて、その前に一人の男性を模《かたど》った影がいた。

その影は制服をきっちり着ていた。パッとしない髪型で中性っぽいかわいらしい顔。まるでモブキャラクターのように目立たずエロゲ主人公にありがちな顔をしている。

「そうだよな、伊織」

そこに居たのは聖伊織だった。

聖伊織の影は返事をすることはなかった。ただただじっとこちらを見ていた。

パフェを食べてるときの笑顔ではない。陰口をたたかれている俺を心配している顔でもない。左手で鞘《さや》に入った剣を持ち、無表情でこちらをじっと見ていた。

俺はストールに魔力を込め、伊織に向かって歩いて行く。

伊織の形をした影は黙って剣を抜き鞘を手放す。するとその鞘は重力によって地面にぶつかる。しかし音はしなかった。地面に落ちると同時に、小さな黒い粒子のような物となって消えてしまった。

そして黒い刀身の切っ先をこちらに向ける。

俺は地面を蹴《け》るとストールを展開した。それを見た伊織は右手に魔法陣を纏《まと》わせるとこちらに向かって放った。

「ははっ、魔法も使ってくるのかよ」

まあ、当然か。相手は可能性の塊、伊織だ。

現れた火の玉はまっすぐ俺に向かって飛んでくる。しかしそれを第三の手で払うと一歩前に踏み出す。

炎だけではない。水、風、土、さらには光まで。この様子から考えるに。

「魔法剣士型の聖伊織だな」

聖伊織は無限の可能性を秘めている。単純に近距離攻撃のスペシャリストとして物理特化する事も出来るし、遠距離攻撃のスペシャリストとして魔法特化にもできる。新旧聖女達には及ばないものの、回復魔法も使える上に、弓、槍《やり》、鞭《むち》等々、使える武器も様々だ。その中でも魔法剣士型は一番バランスの取れた型だと思う。攻撃も魔法もそつなくこなすから、使いやすい。ただ唯一の難点は、ゲーム1周目だと中途半端になりやすいことだろう。それでも全部が平均以上の能力になってしまうのは、主人公たる力なのだろう。

確かに、強い。

「だけど、聖伊織はこんなモノじゃない」

アイツがこんな、こんな弱い訳がない。

可能性だけで考えれば、彼に対抗できるほど魔法やスキルを覚えられるのは、ななみぐらいなものだ。しかし俺には伊織にない力がある。ストールを操ることの出来る力がある。

本当の伊織は……更に強い。強くなって俺の前に現れる。

なのにこんなのに負けて良いのだろうか。それに俺は更に格上へこれから挑むというのに、これでいいのか。

良いわけがない。

「圧勝だ、圧勝しなければならない」

これは伊織の影だ。伊織ではない。俺が目指す伊織は、最強の伊織。

今はゆっくりと、しかし確実に伊織は成長してきている。地盤をしっかりと築いている。

今後俺は伊織に適したダンジョンをもっともっと紹介していく予定だ。

間違いなく今は俺が強いだろう。そう、しばらくは俺の方が強い。しかし伊織はこれから怒濤《どとう》の巻き返しをしてくる。むしろ巻き返してくれなければ困る。全ヒロインをハッピーエンドに導くためには必要だ。

俺も更に強くならなければならない。

だから俺はツクヨミ学園ダンジョンの四十層攻略を一週間で目指すのだ。

「なんだ、偽者。まだここにいたのか」

影の魔法はうすっぺらかった。影の剣は軽かった。

もうお前の剣は見切った。お前なんぞ、伊織ではない。伊織を模るな。

ストールで守り、抜刀し着実に追い込んでいく。

何合打ち合っただろうか。影がこちらに剣を振り下ろしてきたとき、それをストールで受け流し、その勢いで一回転しながら抜刀した。

溜《た》めていた魔力が爆発し、それは影を断った。

もう影を見ることはしなかった。現れた転移魔法陣に向かって歩いて行く。

掲げた馬鹿でかい目標を成し遂げるため、早い内に入手しておきたいアイテムがあった。

どうしてもそれが欲しかった。

それの為にツクヨミ学園ダンジョンへ挑むのだ。

たった一週間だ。されど長く長く辛《つら》い一週間になることだろう。

いや、今はそれは良いんだ。俺にはすべきことがある。

「先輩の下へ行こう」


―雪音視点―

鈴音姉さんに勝てないと初めて思ったのは、物心ついた時だった。

剣や弓術の道場を営んでいた両親の真似をして、小さな棒きれを振っていた時だ。二歳年上だった姉が父と模擬戦をしているのを見て、私も戦ってみたいと思ったことがきっかけだ。

何度やっても勝てなかった。子供ながらに、お姉ちゃん凄《すご》いと感動したものだ。それは年齢差があったからかもしれない。

しかしそれが姉の才能であることを知り、私が一生超えられないと思うまでには、それほど時間は必要なかった。そしてこの思いが正しいと証明するかのように、以降もただの一度も姉に勝つことは出来なかった。

影は刀を構えると地面を蹴り、一息でこちらに近づく。振られる刃《やいば》を薙刀《なぎなた》で受けつつ息を呑《の》む。

やはり姉さんの太刀筋だ。

その振られる刀は、迫り来る刃は記憶に残っている姉さんの物と酷似していた。ただ違いがあるとすれば、その刃はより速く、より鋭くなっている。

疾風《しっぷう》怒《ど》濤《とう》。

鈴音姉さんの連撃は、まさにその言葉通りだ。高速で迫り来る刃を凌《しの》ぐのだけで精一杯だった。刀の有効範囲から逃げようとするも、すぐに影はその間を空けさせないとばかりに距離を詰めようとしてくる。

私は鞘で攻撃を受けると、強く押し返し、バランスを崩したところで大きく後ろに下がった。

そして薙刀を構えたまま、水球を浮かべ魔法を使用する準備をする。

するとその様子を見た影は警戒し、踏み込むことをやめ距離を取った。

「まるでモニカ会長を相手にしているかのようだ」

このままただ打ち込むだけでは無意味だろう。ただ分かった上でその水球を放ってみる。

影は避《よ》けることもなかった。その水球を見据え、刀を振る。それだけで水球は真っ二つとなり、その場で弾《はじ》けた。

そして何事もなかったかのように刀を構え直し、ゆっくりこちらに近づいてくる。

途中までゆっくりだったものの、しかしそれは長くは続かない。影は唐突に速さを変え私に斬りかかってきた。

緩やかな動きになれさせた後に急にスピードを上げることで、反応させづらくしているのだろう。

受け止めた。しかしそれはフェイントだった。影は私の腹を蹴り飛ばした。そして間髪容《い》れずに彼女の前に魔法陣が具現化しそこから氷の槍がこちらに飛んできた。

すぐさま薙刀を振りその槍をたたき落とす。

隙を逃さず踏み込んでくる影の斬撃《ざんげき》を避け、小手を狙う。

手応《てごた》えはあった、自分でも斬ったと思った。しかし。

「なぜ、無傷なのだ……?」

斬ったと思った影は、全く斬れていなかった。

落ち着け。

もう一度斬るのだ。そう。姉さんの攻撃は私の知る姉さんの動きに近い。だから受け流し、躱《かわ》し、隙を見て。

「また、か」

入ったはずだった。しかし影は斬れていない。

それから幾度となく影を斬るも、結果は同じだった。斬っても斬れない亡霊を相手にしているようだった。

対策が思いつかなかった。何度斬ったと思っても、決して影は倒れることはなかった。多分私の動揺は影に伝わっていたのだろう。ここぞとばかりに私へ踏み込み、斬撃を浴びせてくる。そして彼女が蹴飛ばした石が私の顔をかすめるのと同時に、刃が私の服をかすった。

いつの間にか劣勢だった。圧倒的連打の前に私は守るだけで精一杯だった。

ああ、結局いつもこうなのだ。どう私が努力しても前には姉さんがいて、そしてモニカ会長がいて。更にその先には毬乃学園長がいて。

横には紫苑《しおん》やフランがいて。後ろからは瀧音やリュディが追いかけてくる。皆、他に取って代わることの出来ない才能をもっていて。

どうして姉は私に一番になれると言ったのだろう？　理解できない。

ああ、薙刀はこんなにも重い物だったろうか。

影はこんなにも大きな物だったろうか。

影は私を見てなぜか刀を下ろす。もう、戦うまでもない相手と判断されたのだろうか。

確かに今の私はそんな価値など……。

「先輩！」

いつの間にだろう、私が転移してきた場所には瀧音がいた。瀧音が叫んだのだ。しかし瀧音はそれ以上何も言わなかった。そしてその場から動こうともしなかった。

ただ、何か言いたげな目をしていた。いや言わなくても分かる。彼は私を信じているのだ。

その根拠はどこから来ているのだろう。

瀧音の顔を見て、言われた言葉を思い出す。

『俺を信じて下さい。もし駄目で先輩に何かあったら、俺は先輩の面倒を一生見ます。だからわざと負けて下さっても構いません。全力で挑んで下さい』

「ははは っ」

姉さんを前にしているのに、私は思わず笑ってしまった。思わず言葉が漏れた。

「馬鹿野郎だ、まるで恋愛小説の一節にありそうな、下手な発言だよ」

でもなぜだろう。

こんなにも力が溢《あふ》れてくるのは。

じっと影を見据える。その影は姉だった。超えられない姉だった。しかし超えられなかっただけだ。

私は見られている。自分の評価をなげうって挑み続けている瀧音にそばで。

ついさっきまで劣勢だった。しかしなぜか負けるという気持ちにならなかった。代わりにこんなところでくじけてどうする、そう思った。

瀧音は言った。人によって難しいし、人によっては楽だと。それはこの戦いのヒントなのではないだろうか。

ふと思う。この戦いは勝ちたいと思う意思が影響しているのではないか。私の姉に対する苦手意識があるから倒せないのだろうか。

そんなモンスターがいるなんて私は聞いた事がない。モンスターがいるのか、ただ存在する可能性としてはあるだろう。ダンジョンは摩訶不思議《まかふしぎ》だ。何が起こっても不思議ではない。

じゃあどうすれば良いのだろうか。勝てると思わなければならない。しかし私は姉に勝てるのだろうか？

ふと、姉さんの言っていたことを思い出した。

『雪音。皆が私のことを天才って言うけれどね、私は人なの。雪音だって……』

そうだ。そうなのだ。姉さんは天才であり人だった。しかし、

「私も人なのだ」

同じ人なのだ。超えられない道理はない。

私の全力を見せよう。

駄目だったら、瀧音に貰《もら》って貰えばいい。ああ、それはそれで楽しそうだ。

「ねえ、鈴音姉さん。私は姉さんが死んでもずっと修行を続けてきた。技を磨いてきたんだ」

　姉に見せつけよう。瀧音に見せつけよう。これが私の進んできた道。これが私の技。見てくれ。これが今の私。水守雪音だ。


　劣勢のように見えた先輩がこちらを見た後、攻勢に切り替わった。それは劇的で一方的にすら見えた。

　もしかしたら人によっては互角に見えるかもしれない。

　攻撃しているのは水守鈴音の方が多い。しかし先輩はそれらを余裕を持って回避していた。

　もう、攻撃を見切ってしまったのだろう。いくら攻撃しても先輩には決して当たることはない。そう思えた。

「はっ」

　今度は先輩が薙刀を振った。それは確実にその影を捉《とら》えたであろう。しかしその影はすぐさま体が結合し、武器を振ってくる。

　驚く俺とは裏腹に、先輩はそれを見てまるで好敵手を見つけたかのように笑った。

フェイントを織り交ぜながら一閃《いっせん》。

それで二つになったと思いきや、またもや体が結合。先輩の魔法を受けてもダメージを食らった様子はない。

それでも先輩は笑っていた。相手の底が見えないというのに、先輩にひるんだ様子はなかった。

そして先輩は薙刀を振るう。

それはなぜか今までの斬撃とは違った。その一つ一つに芯《しん》があるようというのか、何かが変わったように見える。その迫力も違った。

先輩の斬撃が頭から離れなかった。俺にはあの斬撃がただの斬撃に見えなかった。

その斬撃は、芸術と言っても差し支えなかった。

切り下ろし、切り上げ、突き。躱して、逸《そ》らして、防いで。

先輩の動きを見て舞っていると思う人がいるかもしれない。でも俺は舞っているとは思わなかった。

先輩は体全体と薙刀で、絵を描いているように見えた。

一つ一つの動作が美しかった。写真のように瞬間瞬間を切り取ればそれの一つ一つが巨匠の絵のように美しいはずだ。

先輩が切り上げることで、水守鈴音の武器を弾《はじ》いたときに、ふと先輩が俺に言った言葉を思い出した。

『剣も刀も薙刀もそうだが、剣閃には「心」が宿るんだよ』

ああ、多分そうなのだ。あの剣閃には心が宿っているのだ。

先輩の美しい『心』が、その愚直なまでにまっすぐな『心』が、その剣閃を描《えが》いていた。

シンプルなのに、なぜか荒々しく、それでいて透き通るような美しさがあって、振り終わった後に残像という余韻が残る。

あの力強く荒々しくも美しい剣閃にはまるで……。

「龍《りゅう》だ。あの斬撃には……龍が宿っている」

虜《とりこ》になってしまったと言っていい。

先輩のように美しく振りたい。しかし俺があんな風に刀を振れるのだろうか。

もう、この戦闘で先輩が負けることは想像出来なかった。

そして先輩は戦闘中、視線を外し俺を見た。一瞬だった。でも俺は先輩が何を言いたいか分かった。

『見ていろ』

先輩は真剣な表情で前の影を睨《にら》むと、体全体に魔力を纏《まと》わせる。そして影が接近し刀を振り下ろすと同時にそれは放たれた。

その光景に息を呑《の》む。

バクバクと心臓が鳴っているのが分かる。目頭に熱いモノがこみ上げてくる。あんな芸術を見てしまったら、しょうがないだろう？

それは目にもとまらぬ斬撃の繰り返し。しかしその一つ一つの斬撃には、龍が見えた。龍が宿っていた。

ああ、先輩はもう習得してしまったのだ。現時点であの技をもう習得してしまったのだ。

アレだ。アレこそ俺が心酔した三強の水龍妃。

『技』の水守雪音。

そして水守雪音をマジエク三強の一角たらしめたあの奥義に通じる、この技。

――九頭龍《くずりゅう》――

七章　思いの形

ここ最近、上の空だ、と言われたけれど、確かにそうなのかも知れないと思った。

近々ダンジョンへ挑むというのに、俺の頭にはあの龍がこびりついていた。

先輩のあの太刀筋を見てから、ことあるごとにそれが再生されている。素振りにも影響を与えたようで、先輩からは生暖かい目で見られた。

ぼぅっとその剣閃を思い浮かべる日が多くなり、それが数日続いたから目に余ったのだろう。授業が終わったら会えないかと誘いがあった。

まあ、なんにせよ、ダンジョン攻略の準備があるから来る予定ではあったのだが。

「久々の学園だってのになぁ」

やはり注目は集めてしまう。

「これが女性からちやほやされる声援だったり、憧《あこが》れの目で見られてたのなら話は別なんだがなあ」

「ご安心下さいご主人様。黄色い声援は全てシャットアウトしておきましたので」

「一番欲しい声援がなくなってるんだけど」

「いえ、そういった類《たぐ》いの声援が辺りから一切感じられませんでしたので。それを知られると傷つかれるかなと思いわざとそう言いました」

「雀《すずめ》の涙ほどの可能性をいま否定したよね？」

まあ、知ってた。それは現実である。

「ただ、そう考えず、優越感に浸って良いかと存じます」

「優越感に浸る？」

「考えてもみて下さい。隣でお仕えしているのは誰ですか？」

ふとななみに視線を向ける。すると彼女はその場で一回転し、俺の前でカーテシーをした。

「ええそうです、メイドの中のメイドです。こんな美少女メイドに尽くされているのですから、もう良いではありませんか」

思わず笑ってしまう。

「それに少なくともリュディ様や雪音《ゆきね》様、私《わたくし》、はつみ様、クラリス様、そしてこの私《わたくし》がご主人様の努力を知っておりますし、皆様応援しているでしょう」

「…………確かに十分だな」

一人自己主張激しいのが居たがな、それはそれで嬉しい。

「それにカトリナ様や伊織《いおり》様やオレンジ様等クラスメイトはご主人様の味方でございますし」

「なんか、凄《すご》く嬉《うれ》しいな」

　それから二人で少し歩いていると、ふわふわのピンク髪が目に入る。先輩に会いに行く途中ではあるが、久しぶりに見かける顔があったので声をかけることにした。

「こんにちは、ルイージャ先生」

　体をビクリと震わせ、ゆっくりこちらに顔を向ける先生。

「う、うぅ」

　こわばった笑みを浮かべていた先生だが、やがて諦《あきら》めたかのように、シュンと悲しそうな顔に変わる。

「その、何でしょうか。ええと、覚悟は一応出来てます……」

　なんのかな？　俺が言葉を失っていると、先生は言葉を続ける。

「その、初めてなので……」

「いい覚悟ではございませんか、本日はご主人様の近くに寄ることを許可致します」

「二人は急に何を言い出してるんですかね？」

　ななみはともかく、ルイージャ先生は急な暴露やめてくれません？　そもそも登場ヒロイン全員がそうであることは知ってるし。先生の場合は確か、初めて好きになった人に彼氏がいたせいで及び腰になったんだよな。いろんな意味で衝撃半端なかったに違いない……察するに余りある。

「ご安心下さい、ご主人様。ご主人様の仰《おつしゃ》りたいことは分かっております。ここはななみにお任せ下さい」

「不安しかねぇ」

まあまあと手で制止され、ルイージャ先生は前に出る。

「ルイージャ様、ご主人様はゆっくり関係を進めていきたいとのことで、まずは膝枕《ひざまくら》をご所望のようです」

「えっ、その。それぐらいだったら……」

いいのでしょうか。あたりに誰もいないな、なら俺は断らないからな！

「その、ねえ、瀧音《たきおと》君……私この子見たことが無いんだけど」

ななみを見ながら困惑した様子で尋ねてくる先生。

そうだよな、学園内をメイド服で闊歩《かつぽ》しているヤツなんて、俺だって見たことが無い。和服とかはいるんだけどな。何だこの学園……。

「ああ、最近入学したんです」

「ええ、最近？　え、私何も聞いてないんだけど……？」

最高権力者《まりのさん》が許可出してたから大丈夫でしょ、多分。まあこの話はさらりと流してしまおう。

「しばらく会ってませんでしたが、その後の経過はどうですか？」

ぱっと明るくなる先生。

「そうなんですよ、少し生活に余裕は出来ましたし、督促の電話とかはかかってこなくなりました。そういえばお願いがあるんですが」

先生は桃色の髪を押さえて、はにかんでもじもじとする。

「お願い？」

「その……お小遣いを増やして欲しいなって………」

ななみの顔がぴくっと反応したのが分かった。そりゃ驚くよな。教師が生徒にお小遣いの増額を申し入れすれば。

「構わないんですけど、何に使おうとしてるんですか？」

現在のルイージャ先生はお小遣い制である。学園からのお給料は先生の口座、ではなく俺の口座に入金される。そこから俺が借金返済分やら光熱費やらを引いて、使っても良い分だけ先生の口座に入れている。ネットで振り込んだときは、何で俺がこんなことやってるんだろうと思った。

「ええっとね、とてもよく眠れる枕があるらしくてね、今ならたったの……」

「はい却下。ななみ、行こうか」

「ちょっと、どこ行こうとしてるの⁉」

聞くだけ無駄だなと思っただけだよ。

「お願い、少しだけでいいから、今しか買えないらしいの⁉」

「あーはいはい。安眠枕ね。安いのがありますからそれでいいですね。後で送っときます」

ネットで注文して先生宅に届ければ良いだろう。

「それじゃダメなのっ！　今この枕を買わないとぉ！」

それめっちゃ詐欺の手口！

「全然ダメじゃないです、ていうか俺十分なお小遣いあげましたよね？」

先生は手で髪をいじりながら、舌をぺろっと出す。

「とっても良い布団があるからって……つかっちゃった……」

可愛いけど論外である。

「クーリングオフで」

すがってくる先生を振り払いながら、先輩との待ち合わせ場所に向かう。先輩はすでに来ていたようで、着席したまま唖然《あぜん》とした様子でこちらを見ていた。

「あっ先輩、申し訳ないです。……遅くなってしまって」

「あ、ああ。私が早すぎただけだ。時間はちょうどだが……」

先輩が動揺している。まあ理由は分かるが、あなたいつまでひっついてるんですかね?!

マフラーで押し返そうとしてもくっついてるぅ。

「先輩、目の前の状況ってどう見えますか？」

「不倫していたのがバレた妻が『別れたくない』と夫にすがりついているようだ」

昼ドラかな。これ明日絶対噂《うわさ》になってるだろうな。

「なるほど、こうすればなお良い感じですね」

と言ってななみが先生と反対側にすがりつく。男を取り合う二人組の完成だ。これはあれだ、白そうなアルバムシリーズか、学校デイズか。

昼ドラだな。俺は二人を払うと、ななみにルイージャ先生を任せて《押しつけて》、頭を下げる。

「色々申し訳ないです」

「い、いや色々驚いたが平気だ」

ふとななみを見れば、ルイージャ先生と何かを話している。そして何かあったのだろうか、ななみは先輩に目配せすると先生を連れてどこかへ行ってしまった。

「ゴホン」

先輩は仕切り直すように咳払《せきばら》いをする。そして、

「さ、さて明日は試験だというのに、君は挑戦するんだろう？」

ん？　と一瞬言葉につまる。

ああ、そっちで呼び出したのか。

「ええ、行きますよ。まあこれ、毬乃《まりの》さんとななみ以外に話すつもりは無かったんですけどね……」

心配かけそうだから伝えるのは控えて欲しいと言ったのに、毬乃さんたら次の日にバラしてるんだもんなぁ……。

「そうか。ふふっ。本当に行くんだな」

「ええ、行きますよ。その準備のために今日学園に来たんですし」

欲しいものは、しっかり手に入った。ツクヨミ学園ダンジョンに向けてすべきことは……もうほとんど無い。

ははは、と先輩は心底おかしそうに笑う。

「瀧音の破天荒ぶりには、呆《あき》れを通り越して笑いと尊敬になる……それと」

と言って先輩は制服のポケットから緑色の巾着《きんちゃく》を取り出すと、中に手を入れ何かを取り出した。そして俺の側に近づいてくる。

あと一歩の所まで近づくと、先輩は少し照れくさそうに美しい黒髪をさっと払い、耳にかける。先輩の白く潤いのある頬と、三日月のように弧を描く耳が空気に晒《さら》された。

そして、まるで生まれたばかりの動物を見るような、そんな優しい瞳《ひとみ》でこちらを見て、クスリと笑う。

「手を出してくれ」

俺が手を差し出すと、先輩は巾着から取り出した何かを、俺の手に載せる。そして俺の手を両手で優しく包み込んだ。

「君はさらりと言っているが、やろうとしていることは異端で、非常に難易度が高い」

「そうですかねぇ？」

「ほらっ、今だって軽薄な口調で話しているだろう。あそこはそんな場所じゃないんだ。しようとしていることは想像を絶するほど辛《つら》いぞ？」

「いやいや、大変だとは思ってはいるんです。同時にまあ出来るだろうとも。それにこれくらい出来なければ、最強になれないんじゃないか、とも思ってるんです」

大変なのは確実だ。ダンジョン後半は特にそうだろう。

「これくらい、か。私は戦闘だけならばできるだろうが、時間的に無理だ。モニカ生徒会長ならあるいは、という難度だ」

先輩は浮かべていた笑みを消し、真剣な表情でこちらを見た。

「本当の事を言うと、私もついて行きたい。一緒に連れて行って貰いたいんだぞ」

俺だって連れて行きたい。先輩もリュディもななみも、全員連れて行きたい。でも今回ばかりはどうしてもダメなのだ。

「まったく、そんな顔をするな。理由があるんだろう？　分かっている」

先輩は名残惜しむように、ゆっくりと手を離していく。俺の手に載せられていたのは見覚えのある風景が縫われた、お守りだった。

そこに描かれていたのは滝だった。小さな滝とそれを受け止める小川。あの、美しい風景。

俺達が初めて出会ったあの滝だった。

その滝は私有地である。こんな場所を知っている人は数人しかいないだろうし、行く人はさらに少ないだろう。だからこそ、これが店に売られているわけがない。

手作りのお守りだ。

「私は君から色んな物を貰った」

そう言って先輩は右手の薬指にはめた指輪をなでる。

「物やら、心やら。その上、瀧音から貰った指輪を考えれば、全然価値のないものだが」

はにかんだ笑みを浮かべながら先輩はそう言った。俺はそのお守りをぎゅっと握る。

「先輩……そんな事ないです。もし俺があの指輪五個と、このお守りどちらか選べって言われたら、俺は指輪を火口《かこう》に捨てたっていい」

あの指輪はそれなりに価値ある指輪なのかもしれない。でも俺には、先輩の大事な時間を削ってまで作ってくれたこのお守りの方が、はるかに価値がある。

「ははっ、もったいないぞ、ばかものっ。でも、ありがとう」

俺はゆっくり手を開いて、握っていたお守りを見つめる。

「先輩、テスト近いっていうのに、ホント何してるんですか……ただでさえ俺の鍛練に付き合って貰っているっていうのに、馬鹿はどっちですか。凄《すご》く、嬉《うれ》しいです」

このお守りはかなり手の込んだ物だ。一、二時間で簡単に作れる物じゃない。テスト前という大切な時期に、ダンジョンや俺の鍛練に付き合ってくれただけではなく、こんな手間暇をかけてくれたのだ。

「瀧音……成功を祈ってる」

ななみと合流して真っ先に思った事は、ななみは知っていたんだろうなということだった。

先輩が何をしようとしていたのか知って、ななみはルイージャ先生を連れて行ってくれたのだろう。ホント、ななみは気が利きすぎる。

「なあ、ななみ」

だから俺は先に言うことにした。

「ありがとうな」

「何を仰《おっしゃ》っているんですか。ああ、ツクヨミトラベラーのアラーム機能にななみボイスを吹き込んだことですか？」

「道理で今日のアラームがおかしな事になっていたわけだ」

発情した感じで声入れやがって、寝ぼけてたから何も考えず止められたけれど、もし平常時だったら平静を装えなかった可能性がなきにしもあらずといったところか。

「そうじゃねぇ、ルイージャ先生連れてってくれただろ」

「ああ……」

急に遠い目をするななみ。そして小さく息をつく。

「ギリギリの戦いでした。もう少し遅ければ布団が届いていたことでしょう」

「マジでありがとう、お疲れ様」

心中察するに余りある……後で先生の電話番号変えさせないと……。

って、それはそれとして。

「そうじゃなくて、知っていたんだろう。先輩が何をしようとしていたか」

ななみは観念したのか、ああ、と呟《つぶや》くと淡々と話し始める。

「実を申せば何をするのかを知らないか知っているかで言えば知っておりました。ただそれを今日するとは知りませんでしたので」

ということは目線を合わせたときに察したのか。

「……ご主人様、申し訳ございませんが、少しお時間頂戴《ちょうだい》してもよろしいですか？」

申し訳ございませんがなんて言わなくていい。ななみになら、いくらでも時間を割いたって良いのだから。

そのままななみと一緒に転移魔法陣に入る。

ツクヨミ魔法学園は信じられないくらい広大である。校舎の建つ場所とは別に、いくつもの体育館のような訓練場があったり、研究所があったり、ダンジョンへの入り口があったり。それらは転移魔法陣によって移動できるが、人気《ひとけ》のない場所はいくつかある。

俺達が転移した場所はそんな場所だった。いくつか設置されているベンチの一つに座り、目の前に広がる庭園を眺める。とはいえ俺らだけでなくカップルらしき一組の男女もいたが、こちらの声は届かないだろうし、気にもとめないだろう。

「なかなかいい場所だよな」

ななみは頷《うなず》いた。

「概《おおむ》ね賛同致します。ただ、狙撃《そげき》されやすいのが難点でしょうか……」

「戦場かな？　いつの間にか物騒な所に来てしまっていたようだ」

大体の所がアウトになりそうだな。むしろ狙撃されにくい場所とはどこなんだろうか。

「ご安心ください。私《わたくし》に掛かれば狙撃される前に対象を消滅させることは可能です」

「狙撃されないから安心してくれよな」

さすがにこの学園はそこまで治安悪くないよ……な？

「冗談も良いけどさ、本題に入ろうぜ」

　そう言うと、ななみがそうですねと呟く。

「しかたありませんね」

「誘っておいてなんたる言い草だ」

「ええ、冗談ですよ。もちろん冗談です。ですが聡《さと》いご主人様なら何のお話か理解されているかもしれません」

　そう言われても、最近色々しているから何の事か見当がつかない。

「……ではヒントを出しましょう。キーワードは『ご主人様』『無謀』」

「もしかして……それは明日のことか」

　今日は明日ツクヨミ学園ダンジョンへ挑む為にアイテムを買いに購買へ向かっていた。ななみは当然のごとく付いてきて、そして買い物を手伝ってくれた。そして明日挑むダンジョンに関してある程度話をしていたこともある。

　それを加味すれば、自《おの》ずと導かれるのは。

「さすがご主人様。そうです。明日の朝食はななみフルコースですね」

「うん、かすりすらしなかったな」

　いったいどういうことだってばよ。

「もちろん、それも冗談です。お察しの通りダンジョンでございます」

　そう言ってななみは小さく息をつく。

「本来ならば押しかけてでも行きたいところではございますが……今回ばかりは諦《あきら》めます。ただ、お一人では唐突に孤独を感じることもあるでしょう。ですから仕方ありません。これをお持ちください」

　そう言ってななみはすっと胸の谷間に手を差し込むと何かを取り出す。

　ちょっとお見せできない顔になっていたかも知れない。言葉どおり人肌に温められたそれを受け取り、見つめる。

　ななみから渡されたのはお守りだった。

　そしてそこに描かれていたのはやたら長いマフラーをしたメイドだった。

「瀧音幸助《こうすけ》ご主人様と言えばななみ」

　なるほど、だからメイドなのか。

「雪音様が作られると仰ったので、私《わたくし》もご用意致しました。ここで装備していきますか？」

「ふふっ、その言い回し、ゲームかよ」

「装備することで全能力がアップしますよ？」

「やっぱゲームかよ」

　笑みが抑えられなかった。

「ああもう……めちゃくちゃ、多分お前が想像出来ないぐらいに嬉しいよ」

そのお守りを優しく握り胸に当てる。ななみもまた、手の込んだ物を作りやがって……。

「もちろん今すぐ装備するさ。一生外さないからな、覚悟しとけ」

そう言うとななみは面食らったように大きく目を見開いた。

「いや、その。そこまで喜ばれると思っていなかったので。ただそう言っていただけると……」

そう言ってななみは優しく笑う。

「私《わたくし》も非常に嬉しく思います」

端麗な彼女のその柔らかな笑みを見て、思わず見惚《みと》れて。ああ、やっぱりななみは天使だよなと再認識する。もちろん種族のせいだけではない。

「なあ、ななみ。このダンジョン攻略が終わったら、行きたいダンジョンがいっぱいあるんだ」

そこで言葉を止め、じっとななみの目を見つめる。彼女のオッドアイは瞬《まばた》きすることなく、俺の目を見ていた。

「ついてきてくれないか？」

「その言い方は……違います」

そう言ってななみは首を振る。

「ついてきてくれないか、ではございません。ついてこいです。私《わたくし》はどこへでもついて参りますし、そう言われたい」

「……わかった、ついてこい。ななみ」

「お任せ下さい、ご主人様」

前もって準備をしないと落ち着かなくなったのは、いつからだろうか。小学生の頃は行く前ギリギリでも問題なかった。中高生の頃は教科書や辞書をおきっぱなしだったから、鞄《かばん》の中はたいてい漫画やゲームやお菓子だった。大人になってからだろうか、前もって準備をしっかり行うようになったのは。

「だいたい全部、持ったな」

あと必要なのは食料だけだ。それ以外の荷物を全て入れたというのに、膨らみもせず、重さも感じない多次元収納袋《アイテムボックス》は凄《すさ》まじいを通り越して呆《あき》れる。物流改革どころじゃなくて物流革命が起こる。ただ、ここまで高性能な物は、目玉が飛び出そうなぐらいの金を払わなければならないのだが。

ゲームでは一周目で必死に金策をしたというのに、この世界では毬乃さんにちょーだいの一言で済むとか、この家の金銭感覚おかしくね？

と、俺が荷物を机の上に置いたときだった。トン、トン、トンと部屋がノックされたのは。どうぞ、と声をかける。入室してきたのはリュディだった。

俺の部屋ではあるが、すでに勝手知ったる部屋なのだろう。入るやいなや、俺のベッドに座ると、部屋の守り神であり抱き枕でもある、シャチの人形マリアンヌを、膝《ひざ》の上にのせた。そして両腕でぎゅっと抱きしめる。

なあ、マリアンヌ。そこはどうだい？　気持ちいいかい？　僕に感想を教えてくれないか。むしろ場所代われ。

「ねえ、明日って試験じゃない？」

「ああ、そうだな」

「やっぱり行くのよね？」

「もちろんだ、そのために準備してきたんだからな」

四十層攻略のために特殊な訓練もしたし、アイテム類も用意した。そもそもだが、その準備のために学園へ行ったのだ。まあ、先輩に会うのも理由の一つだったが。

「ふぅん。そっか。そうよね……」

そう言いながら、マリアンヌの胸びれを摑《つか》んでパタパタさせる。

「朝早く家を出るの？」

「いや、明日はあえてゆっくり行動しようと思っている。荷物をしっかり確認して、それからかな」

「そう」

「……なあ、どうした？　リュディ？」

なんだか今日のリュディは様子がおかしい。

「近頃さ……幸助に迷惑ばかりかけているじゃない？」

「かけられたか？」

全く思い出せないのだが。

「かけてたのよ」

そう言ってマリアンヌの背びれを掴むと、膝の上に置く。俺にも膝枕して欲しい。

「だからね、力を貸してくれって言われて、ダンジョンに行ったときは少し嬉《うれ》しかった。これで少し借りを返せる、って思って」

まあ、恥ずかしい思いもしたんだけど、と小声で付け足すと、マリアンヌを立てて顔を隠した。

ダンジョンね、あのダンジョンはショーツ……うっ。

「思い出さないでっ」

「す、すまん」

「……でさ、それでダンジョン攻略したら、一番価値のありそうな物を私達に配っちゃう馬鹿がいたのよ。借りを返せたと思ったら、のしをつけて返してくるの」

マリアンヌの顔の横から、半分顔を出し、ジト目でこちらを見る。

「馬鹿じゃなくて、当然の帰結だろう。俺以上に有効利用できるヤツがいるなら、その人に使って貰《もら》うのが一番だ」

「だからって渡すことないじゃない」

そう言って彼女は目線を下に向ける。リュディの右手には、しっかりあの指輪がはまっていた。

「俺が渡したかったんだ。後悔なんて微塵《みじん》もないし、リュディは有効利用してくれそうだし、何よりリュディには緑色が似合ってる」

「もうっ……」

少し顔を赤くしたリュディは、手に持ったマリアンヌを俺に投げてくる。俺はしっかりキャッチすると、温かいマリアンヌの頭をなでながらリュディの隣に座った。

「……ねえ幸助。私って、別にいなくても良い存在？」

「いきなりどうした……いなきゃならない存在だよ」

「ツクヨミ学園ダンジョンでも？」

「……どうしても一人でやらなければならないことがあるんだ。だから今回だけは一人で行かせて欲しい。でもな、その後は絶対に俺一人じゃ攻略は無理だ」

二周目の伊織、先輩、生徒会長なら余裕で行けることだろう。だけど特化性能《ピーキー》な俺には多分無理だ。だからこそ。

「だからそのときは一緒に来てくれないか？」

「そんなの、当たり前じゃない……」

と、リュディはポケットに手を入れると、俺を小突く。

「幸助、手」

「ん？」

「手、出して」

マリアンヌを離して、リュディの前に手を出す。するとリュディは俺の手の上に何かを置いた。

それは先輩のと同じような形のお守りだった。シンプルな生地に、四つ葉のクローバーが描かれたお守りだった。

「雪音さんに聞いたら、和国のお守りを渡すって言うから……ななみと一緒にお願いして作り方を教わったのよ」

「……道理で最近先輩が家にいる日が多かったわけだ」

なんかやけにうちにいる頻度が増えたよな、と思ってたんだ。三日に一回くらい来てたよな。あの一室は先輩の部屋っぽくなってる。まああいてくれた方が嬉しいし、訓練では凄《すご》く助かったんだけど。

「ごめんなさい、雪音さんやななみに比べたら、凄く下手でしょ？」

そう言われて、そのお守りを見つめる。

「……確かに先輩達のに比べたら下手かもしれないけれど、うまさなんて関係ない。俺にとっては甲乙つけがたい大切な物だよ。ありがとう」

リュディが俺を案じて作ってくれた、もうそれだけで宝物だ。

「うん……」

そう言ってしばらく沈黙していたリュディだけど、やがて。

「ああ、もう。なんで一人で行こうとするかな……」

そう愚痴る。

「今回だけだって」

「分かってる。分かってるけど、なんか納得いかないの。ああ、もう。ほんと、一人で無《む》茶《ちゃ》しに行くのは今回だけにして」

「分かってる。次からは誘うから」

ぷりぷりしてるリュディを見て思わず苦笑する。まだ苛立《いらだ》っている様子だ。だが納得して貰わないといけない。

「……ねえ幸助、ちょっと立って後ろ向いて」

ん、なんで？　と思いながらも俺は立ち上がって後ろを向く。

それからすぐに、とんと、温かくて柔らかい物が背中に当たった。

リュディが俺の背中に抱きついていた。彼女の華奢《きゃしゃ》な両手が、俺の腹に巻きつき、ぎゅっと締め付ける。

「……幸助」

「なんだ」

「駅の近くに、ラーメン屋、出来たらしいの……おごりなさいよ」

「おう、まかせろ」

そんなんで怒りを水に流してくれるなら、お安いご用だ。

俺は巻き付いた彼女の手に、自分の手をそえた。


「……幸助」

「なんだ」

「頑張って」

「……ああ」

八章　ツクヨミ学園ダンジョン

ツクヨミ学園ダンジョンが解禁されたのは、試験開始である今日。学科試験は四日、実技試験は一日、計五日で全てが終わるはずだ。そしてその点数集計に二日。ここまでで七日の計算だ。そして結果が張り出されるのが、八日目。

もし俺が学年一位を取ろうとするならば、ツクヨミ学園ダンジョンに行ける今日から、約七日で四十層攻略を終わらせなければならない。ギリギリだが八日目の早朝までに全てを終わらせたならば、学年一位は確定だと、毬乃《まりの》さんから言質も取った。また、ただ学年一位になるだけなら二十層で良いそうだ。

さて、ゲームのマジエクでは、伊織《いおり》がソロで突入し、出てくるモンスターをある程度倒していっても、ゲーム内日付四日で四十層を攻略できたはずである。ただしそれは周回プレイの伊織や、ＲＴＡの伊織である。間違っても瀧音幸助《たきおとこうすけ》ではない。

それを踏まえて今回の目標は、六日。ギリギリラインの七日ではなく余裕を持って六日だ。

その期間で四十層を攻略できれば学年一位にもなることが出来るだろう。

しかし仮に攻略日数が七日を超えたとしても、いったん戻ることはせず、四十層を目指すべきだ。それほどに四十層初回攻略の恩恵は大きい。ただそれだと学年一位では無くなる。

一応だが、学年一位の方にも良い点はいくつかある。

一つ、ツクヨミポイントや特別なアイテムを貰えたりする。

ゲームと同じならば、試験で好成績をおさめると、学園側からそれなりに良いアイテムが貰えたはずだ。また同時に大量のツクヨミポイントを貰える。

ただし、俺個人に言わせれば、そんなアイテムやポイントなんざ、もう一つに比べたら絞りカスみたいな物である。

二つ、それは三会（生徒会、風紀会、式部会）への入会である。三会に入るための一番手っ取り早い方法は、この最初の試験で一位を取ることである。するとあちらの方から声をかけてくれるのだ。……かけてくれるよな、大丈夫だよな？

三会入会は非常に重要だ。いろんなイベントが進められる上に、あのダンジョンも攻略に行けるようになるし、何より三会所属のメンバーと交流できる機会が来る。イベントの方は後々来るだろう伊織にほとんど任せる予定だが。まあ、もし大変そうだったら、助けに行くのもやぶさかでは無いし……頼られたら、その……た、たしゅけてあげたい。

ただし、その三会入会ですら、初回ソロ攻略特典に比べたらかすんでしまうが。

まあレアリティの高い物なのも仕方ない。だってゲーム一周目で狙うわけではなく、二周目のヤツが取りに行く物なんだから。

俺は近くにいたギョブリンを殴り飛ばすと、倒したかも確認せず、前へ前へと進んでいく。

すでに二層もゴールは目前。一周につき一度しか来ない階層だから、マップがうろ覚えだったけれど、案外なんとかなるもんだ。

「もう次の階層か、良いペースだ」

毬乃さんへの根回しで、ツクヨミ学園ダンジョンに挑む際、誰にも引き留められなかったし、今のところ記憶通りのマップであるし。順風満帆である。

「後の心配は……次の階層、だな」

四十層攻略が失敗する要因の一つにマップがあった。マップが記憶通りならば、最短距離で次の階層へ向かえるため、とてつもない時間短縮になるだろう。逆にマップがゲーム通りではない、もしくは俺が忘却してしまっていたら、時間がかかること覚悟で、ダンジョンを走り回らなければならなくなるだろう。

今のところは記憶通りだ。しかし今入った次階層への魔法陣の先で、俺のもう一つの懸念が、解消されるかが決まる。

階層移動の魔法陣から降りると、そこは前層と同じようなレンガを組み合わせた部屋だった。俺はすぐさま走り出し、人が七、八人ほど並んで歩けるぐらいに広い通路を進んでいく。

そしてお目当ての者を見つけた。

「うぉぉおっしゃぁぁぁぁ！　ゴブリンだ、ああもう、さいっこう！　愛してるぜ」

「ゴ、ゴブ？」

突然の愛の告白に驚いたのか、それとも俺が急に飛び出してきたから驚いたのか、とても困惑しているゴブリン。俺はそいつに第三の手で思いっきり腹パンして飛ばすと、その体を踏みしめ先へ進む。

嬉《うれ》しさのあまり思わず告白してしまったぜ。どうやら登場モンスターも記憶と一致するみたいだ。

一番の懸念だった、登場モンスターも同じだとすれば。

「一層から十層までは、ただのランニングコースだな」

敵、弱い。経験値、まずい。ドロップアイテム、ゴミ。宝箱、あるかどうか分からない&あっても不要。いったいこのあたりの階層で何をすれば良いんだ？

十層ボスまでの敵は全無視でいいだろう。

「このペースなら一日で十層行けるな……眠る時間もしっかり取れる。むしろ押し気味で攻略すべきか？」

考えながら走っていると、こちらを見ているゴブリンを見つけた。

彼はヤる気満々ではあったが、離れていたのでシカトして先へ進むことにした。

「疲れた……でも、十層来られた……！」

十層のボスは以前戦闘したことのある茶葉っぱウッドゴーレムだった。しかし数週間前ならまだしも、今の俺からしたらただのでくの坊である。弱点である火の陣刻魔石すら使わず、ただただずっと俺のターンだった。

むしろボスよりも長距離走の方がきつかった。毎日のランニングの成果が、まさかここで発揮されるとは思っていなかった。単純にスタミナ増強のために走っていただけなのに。

さて、一日にはまだ余裕はある。しかしモンスターの出ないセーフティーゾーンはしばらくない。

今進むべきだろうか？

いや、進むのは止めておこう。そもそも俺は余裕を持った一日のスケジュールを組んだのだ。急いで進んで何らかのミスを犯したとして、それで撤退となったら初回四十層攻略が潰《つい》えてしまう。

それだけはなんとしてでも避けたい。

「ゲームリセット可能なRTAだったら突っ込むんだけどなぁ」

寝床の準備を始める。とはいっても、簡易寝袋だけだが。

聞いた話によると、ツクヨミ学園ダンジョンに一日野営することはあっても、一週間泊まり込むヤツは居ないらしい。まあ、当然っちゃぁ当然なんだけど。なんで十層おきに行き帰りできる転移魔法陣があるというのに、わざわざダンジョンに泊まるんだよ。そりゃベッドでマリアンヌと共にお休みした方がいいに決まってる。……最近は朝起きるとマリアンヌじゃなくて姉さんやななみがいるんだよな、マジでびびる。

ダンジョンに六、七日泊まったら主《ぬし》とか言われるのだろうか？　いやさすがに六、七日では言われないか。

さて、簡易的な寝床が出来た。後はご飯である。昼ご飯をカットしてランニングしていたから、そりゃもうぺこぺこである。しっかり食べてしっかり寝て、テンションを維持していこう。

俺はななみと姉さんから貰《もら》った弁当を取り出す。

ななみからは「ご主人様のために作りました、勘違いではないです」と渡されたのだが反応に困った。姉さんは「ん」の一言だった。二人は朝早起きして作ってくれたらしい。

貰った二つのケースには、どちらにもサンドイッチが入っていた。

本当は昼に食べる予定だったのと、どんな場所でも食べやすいことを考慮して、二人ともサンドイッチにしてくれたのだろう。しかし、お腹が空《す》いていなかったこともあり、後回しにしていたから、夕飯になってしまった。

俺はシンプルでとても美味《おい》しそうな卵サンドが入ったケースを手に取る。これは、ななみから貰った方だ。

茹《ゆ》でてから上げるタイミングをしっかり計算したのだろう、少し赤みがある半熟の卵を四分の一にカットした物を中心に挟んでおり、その周りに卵サラダをこれでもかと敷き詰め、そこにみずみずしく新鮮そうなレタスをも挟んでいる。なんてゴージャスな卵サンドなんだ。めちゃくちゃ美味しそうじゃないか！

俺はうきうきな気分のまま、姉さんから貰った方を開く。

そして大きく仰《の》け反《ぞ》った。

見た目はまあ、美味しそうではある。

とげとげしい紅蓮《ぐれん》色のソースに新鮮そうなレタスが挟まっており、単純にチリペッパーソースを使った辛みのあるサンドイッチである。見た目だけだったら、だ。

まだ食べてはいないから予測になるが、これはそんな生やさしいソースじゃない。俺はおそるおそるそのサンドイッチに顔を寄せる。

……いや、嘘だろ？　なんでだ？

なんでサンドイッチから凄《すさ》まじいエナジードリンク臭がするのか、コレガワカラナイ。

ピリ辛系の匂いじゃないのだ。エナジードリンクなのだ。

とりあえず、俺はななみの卵サンドを手に取る。

「うん、美味しい」

ふわふわの卵サラダに、絶妙な塩味の半熟卵、そして新鮮な野菜が口の中で混じり、感動さえ覚える素晴らしいハーモニーを生み出している。また一つと手に取り、また一つと手に取り、すぐにその卵サンドは無くなってしまった。

ふう、と深呼吸する。そして先ほどから凄まじいエナジードリンク臭を放つ摩訶不思議《まかふしぎ》サンドイッチに目を向ける。

もし俺の前に選択肢があるなら、食べる、Ｅａｔ、Ｙｅｓの三択だろう。食べない、という選択肢は無い。

あの朝に弱い姉さんが、俺のために早起きする奇跡を起こしてまで作ってくれたサンドイッチだ。もちろん食べる、食べるのだが……。

俺は震える手でそのサンドイッチを摑《つか》む。ななみの卵サンドに比べれば、パンが異様に柔らかい。

見た目が悪いわけではない。本来なら美味しそうなペッパーソースだ。だが匂いはエナジードリンクだ。その見た目とのギャップに俺は恐れを感じている。

ギャップ……ギャップ。俺はなぜギャップを恐れているのだ？

ヤンキーっぽい姉ちゃんが、実は家庭的で凄《すご》くツンデレだったら、そのギャップにやられてしまうだろう？　いつもは凛《りん》としていて凄く頼りがいのあるお姉さんなのに、恋愛のことになるとマシュマロみたいにふにゃふにゃになってしまう、そのギャップにやられてしまうだろう？

このサンドイッチだって同じだ。

どこが同じなのかさっっっぱり分からないけれど、そう思わないとやっていられない。

意を決して姉さんのサンドイッチにかぶりつく。

なんて素晴らしい朝なのだろう。空も無い、窓も無い、おまけに空気も悪いダンジョンだっていうのに、このすがすがしさは一体なんだ？

ふと自分を見てみれば、まるでナニカに襲われたかのように、服装が乱れていた。服はだけ、俺の胸元はフルオープンで、そこかしこがめくれたりしていた。それはまるでイケメン俳優が、雑誌の表紙で乱れたセクシーな姿を披露しているような、そんな状態になっていた。

俺が服を整えながら横を見てみれば、中身の入っていないケースが置いてあった。

はて、このケースには一体何が入っていたのだったか。ただ片方のケースからそこはかとないエナジードリンク臭がするのだが。

ストップウォッチと時計アプリで時間を確認しつつ、小さく息をつく。

昨日何かあっただろうか？

ただ一つ言えることは、とてつもなく疲れが取れているということだ。そしてなぜか分からないけれど、俺の体はやる気に満ちあふれていた。

何があったか思い出せないけど、まあいいや。

さあ、行こうじゃないか。今日の目標は二十層！　このやる気を維持して一気に進んでしまおう！　ガンガン進めるのは今しかない。

……二十層以降からは、どんどん辛《つら》くなってくるのだから。

十一層から二十層までの道のりはさほど辛くはないと思っている。モンスターの強さは『暗影の遺跡《ショーツダンジョン》』や亀で稼いだダンジョンと同じであろう。しかし十一層からはどうやっても避けられず、なんらかの対策が必須な箇所が出てくる。それが。

「早速見つけた……やっぱ『暗影の遺跡』で指輪を手に入れといて良かったな」

目の前にある罠《わな》をひょいと飛び越えると、そこらに落ちていた石ころを投げる。するとその場所の横で『ガチ』と何かがハマる音がしたかと思うと、横壁から木の丸太が現れ、前を通り過ぎる。それも壁などなかったかのように。

それは、地球では考えられない、明らかな超常現象ではある。だが、ななみ曰《いわ》くこれが普通らしい。ダンジョンでは世界も異常だけど罠も異常、しっかり覚えとかなきゃまずい。

俺は古ぼけた指輪に手を添える。

いやあ、自分の評価が下がることを覚悟してまで、入手した甲斐《かい》があったってものである。この指輪が無ければ、ソロ四十層など夢のまた夢だろう。

しかしこの指輪は四十層までしか効果が無い。四十一層以降は中級の罠が登場するから、この指輪では力不足だ。今回は四十層までしか進まないからなんとかなるが、今後はななみに頑張って貰わないといけない。でもエロ罠にはかかって欲しいような……何だこの矛盾。

十一層から出現するモンスターは、十層までに出てきたモンスターから一新される。ただ、そいつらも十五層ぐらいまでに総入れ替えされるが、その中で一種だけ対処がめんどくさいモンスターがいる。しかもちょうど目の前にいるんだよなぁ。

出てきたそいつは犬のような頭をしていた。

開いた口からは舌がベロンと飛び出ていて、その舌の横辺りには、鋭い牙《きば》も見える。また、原始人が持っていそうな棍棒《こんぼう》を所持しているが、ガリガリの体を見るに、殴られても余り痛くなさそうだ。

この世界で初めて見るが、こいつこそ様々なファンタジー系のゲームに出てくるコボルトだろう。基本的にザコ扱いされているコボルトだが、マジエクにおいてもザコであった。

では何が厄介か？　と問われれば速さだ。

それなりに速いのである。コボルトは力が弱い代わりに、その分のステータスを速度に振っているようなキャラだ。倒すのは簡単である。攻撃してきたところを第三の手で防ぎ、その隙に第四の手で殴るか、居合いで終わり、である。また速いとはいっても、クラリスさんや先輩などとは比べるに値しないぐらいの速さであろうが。

しかし逃げる前提だと話は違うんだよな。

足がそれなりに速く、しかも耳が良く匂いを追える生物であるため、非常に逃げにくい。

しかしわざわざ狩るのもな……。

目の前にいるコボルトは、棍棒を構えながらこちらの様子を窺《うかが》っている。

コボルトは知性もあって、むやみやたらに攻めてこない。隙を見計らって攻撃してくる。しかもこちらから攻撃しようとすると、逃げに走ることもあるらしい。そして逃げたかと思えば後ろから攻撃してくるとかなんとか。

なんとこざかしいモンスターであろうか。

まあ実際に出会ったのは初めてだし、ほぼ先輩の受け売り知識だから、後ろから攻撃うんぬんは定かではない。でも先輩の言うことは全部信じることにしてるから、きっとそうなんだろう。

しかし、だ。いつまでコイツは様子を窺っているんだ？

睨《にら》み合いは、単純に時間の無駄である。俺はすぐさまポケットに手を入れて、準備していた陣刻魔石を手に取り魔力を送る。そしてコボルトに向かって投げた。

それをコボルトは簡単に避《よ》けてしまった。しかし、魔力を送っていたことで、その陣刻魔石はコボルトの横で発動する。

「――――――――！」

あたりが甲高い音に包まれる。

そして大きな獣耳をたたんで押さえるコボルトを、第三の手でぶん殴り、魔素や魔石を無視して先へ進む。

すばらしい。さすが音の陣刻魔石である。下級の陣刻魔石では安い部類ではあるが、効果は抜群である。使い方次第では火、水、土、風の基本四属性よりも汎用《はんよう》性があると思う。どれぐらい効果的かって、クラリスさんに勝利できるぐらいだ。その後対策されてめちゃくちゃボコボコにされたが。

「はぁ、この陣刻魔石、とても使い勝手はいいんだけどなぁ」

有用、有効。でも有料。安いと言っても、陣刻魔石自体がそれなりの値段だから、コストが馬鹿にならないし、先へ進むには他の属性の陣刻魔石も必要である。そこまで多く持てなかったのが残念だ。

入学祝いに外車くれるような家庭じゃなかったら、この四十層ソロ攻略を諦《あきら》めるか、亀狩りを中断して金策しなければならなかっただろう。ほんと、毬乃様様である。

　これから先は厄介な敵が増えるし、単純に強い敵も増えるし、陣刻魔石《お金》を垂れ流しながら進むことになるだろう。しかし、このダンジョン攻略を終えたとき、垂れ流した金なぞ気にもとめなくなるようなアイテムを貰《もら》えたり、三会イベントが発生してくれるはずだ。失敗したらヤバイな、どっかの先生ほどではないが。

　十一層のランニングを終えて次の階層へ向かう。そこも、もちろんランニングコースであろう。

　個人的には十一～二十層の戦闘も時間短縮のためにカットする方向である。というより、カットしないと間に合わないと踏んでいる。

　戦闘すると仮定して、十一層から二十層まで何より厄介なのが、十三層から登場するブラッディバットであろう。名前にもあるように、血を吸う赤色のコウモリである。何が厄介かって、複数体登場してくる上に飛んでいるときたもんだ。先輩に聞いたところによると、体感で八割ぐらいは複数体と言っていた。

　リュディがいれば魔法でたたき落として貰えるし、ななみがいれば爆発で落として貰えただろう。だけど俺は石ころを投げる原始人である。かといって陣刻魔石はもったいない。なにより狩りする時間がもったいない。

　出される結論は逃げである。時間さえあれば少しぐらいなら狩って進んでも良いんだが。

丁字路を曲がり前を向いた瞬間、うわぁ、と思わず声を上げる。前にいたのはコボルトが三体である。言い換えればめんどくさいが三体である。

すぐさまポケットに手を突っ込み、音の陣刻魔石を取り出し発動させた。俺は耳を押さえてのたうち回る三体を尻目《しりめ》に、ランニングを再開する。

そしてふと思った。

あれ。俺、このダンジョン来てから、ボス戦以外ほぼ全部逃げてね？

二十層攻略完了を二日で済ませることは、予定通りであるし、逃げに徹した以上、こういう結果になることは見えていた。二十層ボスのオークというブタ野郎もなんら特筆すべきことは無い。そもそもだが、飛ばないブタはただのブタであるし、青春していないブタ野郎なんてただのブタ野郎だ。

それからすぐに夕食を食べ、そのまま就寝し二日目を終える。そしてあまり気持ちの良い目覚めではなかったものの、大きく伸びをしてコーヒーを胃袋に流しこみ、さあ二十一層！　と意気揚々突入してすぐのことだった。来たるべき時が来てしまった、と言えば良いのだろうか。

二十一層は二十層までとは趣が違った。

簡単に言えば、今までの普通のダンジョンらしい石造りダンジョンから、ジャングルの遺跡のように植物に侵食されたダンジョンに変わった。木の根っこやら、コケやらが壁や地面に張り付いていて、油断すると滑ったり躓《つまず》いて転んでしまいそうだ。

まあそれは今どうでもいいか、問題は目の前のヤツである。

ついに現れてしまったと言うべきか。それはエロゲであるマジカル★エクスプローラーだからこそ、決して避けては通れない者だ。

そいつの体は小さかった。一メートルぐらいだろうか。小さな翼をはためかせ、手に持つフォークみたいな槍《やり》をこちらに向けている。

ある意味でそこらへんのボスより強いであろうモンスターの一種である。しかしエロゲのＲＰＧではいない方が珍しいし、むしろ存在するのか？　レベルである。

さて、こちらを睨《にら》んだままのそいつは、この場に似合わない服を着ていた。

競泳水着である。

ここがプールだったら、その服は妥当だろう。しかしここはダンジョンだ。一般人の思考からすれば、それはただの変態である。まあ、エロゲでは普通なんだが。

まったく、なんでこんな石造りダンジョンだというのに、競泳水着を着ているんだろうか。そして腰か尻かはわからないが、その辺りから細長い尻尾《しっぽ》が生えており、先っちょはスペードマークのような形になっている。

肉付きのいい太もも、褐色の肌、成長途中っぽい胸。そしてやせすぎず、太りすぎずの見事なまでの健康体だ。

倒してやるぞ、オイ！　だなんて表情で、こちらを睨みつけているが、正直な感想を言わせて欲しい。

超可愛い。

「ふぅー。ついに出てきたか、エロモンスター。しかもちょいロリ系」

二十一層から新たに登場するインプは、一般のゲームのインプとは見た目が違う。エロゲにありがちの、エロ可愛くデフォルメされたモンスターである。しかも驚きの十八歳以上でもある。

もし俺がモンスターを仲間に出来るなら、すぐさま仲間にしていたであろうことは想像に難くない。たとえ弱いのだとしても、使えるだけのアイテムを駆使して、終盤ボスにすら拮抗《きっこう》できるようにしただろう。まあそのころには成長しちゃって、エッロイお姉さんになっているんだけども。成長方法次第では合法ロリにも出来るんだが。

さて、実のところ今まではこういったモンスターを避けていた。ななみはともかく、先輩やリュディの前で、どういう反応をすれば良いのか分からないし、なにより俺がどういう反応をしてしまうか分からない。

ただ伊織に紹介したダンジョンには、インプではないものの、エロモンスターが出現していたはずである。むしろあえて紹介したのだが、一体彼は女性達の前でどう対応したのだろうか？

参考にするため後で拝聴させて頂こうと思う。スマン、こっそり実験台に使った俺を許してくれ、でもレベル上げには役立ったはず……。

まあこの世界じゃエロモンスターが出現するのが普通であって、案外見慣れてるのかもしれないが。

今にも飛びかかってきそうなインプちゃんではあるが、どう対処するかは決まっている。

「ほい！」

すぐさまポケットに手を突っ込み、音の陣刻魔石を投げてガン逃げである。もちろんだよな。空に飛ばれたら攻撃するのが大変だし、コスチュームがエロきわどいし。

そもそもだが、空に飛ばれたらコスチュームとの相乗効果で攻撃どころじゃなくなりそうだ。普通に戦っていたら色々時間がかかる。特に精神面で。……逃げる前に写真を撮って来れば良かったかもな。

しかしフロア内のモンスター全てから逃げるのか、と言えばそうではない。いくつかは倒して行かなければ、経験値《魔素》的に問題が出るであろう。

亀の一件で、魔素集めは自身の強化に非常に重要であることは理解した。単純な身体能力向上なんかには、ダンジョンのモンスターを狩るのが良いだろう。だからと言ってランニングや素振り等が無意味というわけではない。

逃げてばかりのためかもしれないが、ランニングの効果はしっかり実感しているし、何より抜刀術は今後もなくてはならない技術であろう。

「いたか」

二十一層はフロアの雰囲気だけではなく、登場モンスターも一新される。先ほどのインプもそうだが、今出てきたトレントもそうである。

トレントはウッドゴーレムに近い種族であるが、より木に近づいたと言えば良いだろうか。トレントの特徴と言えば、鈍重でありながらも、攻撃力が高い、いわゆる脳筋《パワー》タイプである。またトレントは火という弱点があり、距離が離れていれば火魔法で完封出来る。とはいえ火魔法がなくても完封は可能だ。

トレントはゆっくりこちらに歩きながら、丸太の腕をこちらに振り下ろす。俺はそれを受け止めながら、先輩とクラリスさんの腕力の異常さを感じつつ、はじき返す。そしてすぐさまがら空きの腹に、抜刀術をぶち込んだ。

動きが遅い上に物理主体なモンスターであるというのに、力負けしないならば、そいつはただのでくの坊である。こうなればやりようはいくらでもある。

綺麗《きれい》に両断すると、トレントの木目が見えた。そういえば年輪の数で樹齢が分かったりもするんだよな、なんて考えているうちに、トレントは魔素と魔石に変わった。

「魔石もデカくなってきたなぁ……」

鳩のエサ以下かな？　なんて思った魔石も、今じゃ小指の先ぐらいになってきた。……まだ小さいな。まあルイージャ先生曰《いわ》く、魔石の大きさよりも、魔石の構成要素と密度と凝縮形式がどうのこうのらしいから、大きさはあまり気にしなくて良さそうだが。

仕事や魔法のことなら非常に頼りになるんだけどなぁ、先生って見ているだけで元気出るし。金遣いさえどうにかしてくれれば良いのだが。

さて、トレントはかなり狩りやすい上に、ゲームと同じなら魔力も多い。そして魔石もそれなり。ここで狩りをして魔素を集める案も考えたが、結局ボツになった。

「何でここ毒持ちが居るんだろうな」

今のところ出会っていないが、トレントの出現階層には毒蛙《ポイズントード》が出現する。もし何らかのミスで毒を受けてしまったとして、それを回復するにはどうするか。

アイテムしかない。一応ある程度は用意した。この階層で受ける毒はさほど強くないから、安価な毒消しで済む上、陣刻魔石よりかは買いやすい。

かといって、さほど持ち込んではいない。それよりも陣刻魔石が有用すぎてそちらにぶち込んでしまった。

「だけど、ちょっと失敗だったかな……」

狩らないにしても、一度で良いから毒を受けてみるべきだったかもしれない。ゲームでは毒を受けたままレベル上げという手法があった。現在の階層で受ける可能性がある毒が弱いため、ダメージも微量で済んでいたし、もう毒ダメージ無視で狩りしてよくね？　という結論に至った者の手法だ。

俺もそれをしても良いのだが、するにあたって一番の懸念は、毒を受けたときにゲームでは感じ得ないその他の影響である。

例えば、ゲームではフィールド移動をどんなに急いだところで、なんら影響なく戦闘が出来る。しかしこの世界では急げば急ぐほど疲れるし、走った後は呼吸が乱れるし、ゲームにはないマイナスがある。

毒には一体どんな影響があるのか。それを知ってからこのダンジョンに突入すべきだっただろう。

今回の予定ではこの階層は、トレント以外からは逃げる予定だった。しかし何らかのミスで毒を受けてしまう可能性があるのだから、一度試しておくべきだった。

試験的に食らってみるか？　いや、何が起こるか分からないから、止めた方が良い。どうせやるなら誰かしらが居る、かつ時間制限がないところでやった方がいいだろう。

多分だが、姉さんやルイージャ先生がなんらかの毒を持ってそうな気がするし、エッロサイエンティストのエルフなら間違いなく所持しているだろう。もうね、アイツは絶対持ってる、神《エロゲ》に誓ってもいい。代わりにナニを請求されるか分からないのが恐いところだが。

反省点一つ目が出てきたな。

ダンジョンに潜る前に、試せることは全て試しておく。まだまだダンジョンに潜ることはある。そのときにこの反省点を生かせれば良いだろう。

さて、今回ばかりは仕方ない。トレントのみが出現の場合に狩りをして、それ以外は逃げるとしようじゃないか。

とりあえず今は、出現したトレントを狩ろう。

ネトゲによく言えることだが、単純なレベル上げで一番重要視されるのは「所要時間」であると個人的に思っている。一回の戦闘でかかる時間、モンスターに出会うまでの時間、戦闘終了後にキャラクターを回復させるなどの準備時間。全てを計算し、一番効率の良い場所へ行くのが良いだろう。まあドロップアイテムによっては狩り場を変更することは多々あるのだが。

しかしＲＴＡにおいては少し違う。エンディングまでの道筋がしっかり見えているのだから、その最後まで見越した上で、最適とも思える行動を取らなければならない。

今回の目指すゴールは一週間以内の四十層攻略及び、三会入会である。

それは何よりも優先すべき事柄であると思っていたから、お金のほとんどをつぎ込んで準備したし、攻略出来るように特殊な訓練もした。何よりわざわざパンツを捧《ささ》げたのは、ここに来るためだ。

その四十層攻略の過程で必ずしなければならないことに、魔素集めがある。二十一層はトレントが出るからそこで狩りたい！　なんて思っても毒蛙がいる。じゃぁ毒蛙がいなくなる、二十四層からは狩りだ！　といきたいところではある。

しかし二十四層からはトレントもいなくなってしまうのが、残念でならない。ただしインプはそのまま出現するので、制作者はいろんな意味で分かっているなと言わざるを得ない。光属性の遠距離魔法なんかが使える、もしくは、ななみのように遠距離攻撃が使えれば、インプも非常に良い収入源ではあるんだが、俺だと上空に逃げられたら、どうしても陣刻魔石に頼らざるを得ないのと、心の問題がネックだ。通路までおびき寄せて戦うのもありだが、その誘導時間がもったいない。

「結局のところ基本は逃げだよなぁ……」

このフロアから新たに登場する、ゴブリンの上位種『ホブゴブリン』は、棍棒《こんぼう》、剣、弓、杖《つえ》を持っている。その持つ武器によって攻撃パターンは変わってくるのだが、どれもこれも対処は楽だったし、ゲームと同じようにザコだった。

しかし、倒しやすいがトレントよりも経験値が少ないのは残念である。まあ弱いのだから仕方がないのかも知れないが。

今出てきたホブゴブリンは弓を持つタイプだった。しかしななみの弓に比べたら雲泥の差である。ほんと、子供のパンチみたいなものだ。あの弾丸のような矢が間髪容《い》れずに飛んでくる様は、恐怖以外のなにものでもない。

複数体出てくればトレントよりも効率は良くなるが、必ずしも複数体出てくるわけではないし、あまりに数が多いと事故る（ミスをしてダメージを受ける）可能性もある。

回復アイテムの予備は比較的多めに持ってきたが、三十層以降から湯水のように使うと思っているので、今は使いたくない。

ホブゴブリンをぼこったあとはランニングである。ホブゴブリン二体以下なら戦闘、三体以上もしくはインプ入りだったら逃げ。

このままさっさと進んで二十七層へ行くのが吉である。

「なんて思ってたらもう二十七層なんだよなぁ」

以前までの層よりも少し急ぎ目でここに来たから、本当にあっという間だった。しかし二十七層は早めに来たかったから仕方ない。

ダンジョン二十七層は今後を左右する、重要な階層の一つである。二十七層は登場モンスターが変更される階層で、今の俺からすれば一番に経験値が稼げるマップでもある。

またダンジョンの雰囲気が少し変わるのも、二十七層の特徴と言えるだろう。むしろ二十七層からダンジョンの雰囲気が変わるから、登場モンスターも変わると言って良いかもしれない。

「しかしここから先は奇襲にも気をつけないと」

横の水路を見て思わずため息をつく。

二十七層からの変化の要《かなめ》は、ジャングル遺跡に水路や池のようなものが追加されることだ。それによって登場モンスターに水系が増えてくることになる。

そこから少し進んで、池のような大きな水たまりに来たときに、そいつは現れた。

目を引くのは巨大なハサミ。そして背中に背負った大きな貝殻。二本の触角。それにしても大きい。高さだけでは小学生中学年くらいだろうか？　しかし横幅は六、七人分ぐらいはありそうだし、何よりハサミが異様に大きい。むしろハサミが大きすぎてバランスが悪い。

「でもこのバランスの悪さが、カリヤドーなんだよな」

カリヤドーはヤドカリをベースにハサミを異様に大きくしたような敵である。名前もヤドカリをもじっただけなため、モデルがヤドカリであろうことは紳士達はすぐに理解したし、公式でもヤドカリ呼ばわりしていた。マジエクでは並べ替えたり、もじったりするのが結構多いんだよな。

さて、肝心のカリヤドーは相性的には最高だと思っている。それほど速くない、斬《ざん》に耐性があるものの、打に弱い。

しかも水守《みずもり》先輩には「関節は簡単に切れるし、そもそも瀧音の腕なら一部の殻も断ち切れるんじゃないか？」と言われたので、多分いけるのだろう。そういえばゲームでもクリティカルの時は、剣で大ダメージを与えていたが、関節を切っていたのだろうか？　まあ俺の一番の武器はストールだから、単純に打撃攻撃だし、斬ることにこだわらなくても良いんだが。

しかし注意すべき点もある。

カリヤドーはガギガギと何かをひっかけるような音を立てながら、こちらに向かって歩いてくる。思ったよりは移動が速い。

カリヤドーはハサミを振り上げると、こちらに向かって叩きつけてきた。挟むんじゃねえのか、なんて思いながら第三の手を楕円形《だえんけい》にして攻撃を逸《そ》らす。

カリヤドーで注意しなければならないのは、その大きなハサミである。物を断つ鋭さこそないが、そのごつごつしたハサミに、馬鹿力で挟まれれば骨も折れてしまうだろう。

俺はそのハサミを身体強化した足で思い切り蹴飛《けと》ばすと、カリヤドーは大きく仰《の》け反《ぞ》った。すぐさま顔に向けて第四の手をぶつける。

バギン、となにかが砕ける音と共に、カリヤドーはひっくり返る。しかしまだ魔素に変わり始めていなかったため、すぐに追い打ちをかけようとしたが、それは叶《かな》わなかった。

むしろ叶えられなかった。

ブワブワブワ、と泡がカリヤドーから溢《あふ》れてくる。すでに顔全体が泡だらけになっていて、まるでヒゲを生やしたかのようだ。

　このモンスターは毒を持ってはいないはずだから、別に浴びても問題ないとは思うのだが。

「なんか近寄りがたいんだが……」

　泡が小さいからだろうか、量が多すぎるからだろうか？　何でこんな気持ち悪いんだろう。

　とは言っても戦わざるを得ない。そもそも俺は二十一層から二十七層を除いた三十層までを数時間で終わらせ、二十七層だけで一日以上過ごす予定である。

　ずっと居る事になるし、その間ずっと狩ることになるのだから、見た目がなんとなく気持ち悪いというだけで、時間を浪費するのはもったいない。

「いくぞ、せーのッ」

　意を決して顔を殴る。するとどうしたことだろうか、顔からさらに泡があふれ出し、やがてぴくぴくと痙攣《けいれん》すると、がくんと足が崩れ、貝殻が地面につく。そしてゆっくり魔素に変わっていく。

　ヤドカリって海のイメージあるけど、淡水で生活できただろうか？　なんてどうでも良いことを考えながら魔石を拾おうとしたが、すぐに体を起こす。そして拾おうとしていた魔石をいったん蹴り飛ばし、戦闘の邪魔にならないようにする。

「飛んで火に入る夏の虫だな」

そこに現れたのは二十七層で一日過ごす目的となるモンスターだった。

それは子供のような体型でありながら、大きな金槌《かなづち》を持ったモンスターである。中性的な顔立ちで、非常に可愛らしい姿形ではある。しかし自分の身長以上はあるだろう、大きく長い槌を引きずって歩く姿は、明らかに異様である。

それは妖精《ようせい》系のモンスター、ノッカー。

ノッカーはその子供のような見た目ではあるが、強さは見た目と一致しない。何よりヤバイのはその身長以上の槌……ではなく。

「早速やってきやがった!?」

ノッカーの前に現れた魔法陣に第三の手を向ける。そして本来の強化にプラスして、水属性を付与する。

それと同時に、魔法陣から火球がこちらへ飛んできた。

この妖精の行動で一番厄介なのが、陣刻魔石を使った火炎攻撃である。すぐさまストールで弾《はじ》くと距離を詰める。しかしそれを待っていましたとばかりに、横から槌が迫ってくる。俺は第四の手でガードし、居合いを行おうとするもそれは叶わなかった。

ノッカーはその槌で殴った勢いを利用してその場から飛び退いたのだ。

思わず、なんだってと呟《つぶや》いてしまう。軽業師だろうか。

非常にアクロバティックだ。コレを動画共有サイトにでも上げたら、そのショタ的見た目も相まって人気急上昇間違いない。

すぐさまノッカーは俺から距離を取るとまたもや陣刻魔石を手に取り、発動させる。そしてそれと同時に槌を構え、こちらに迫ってきた。

しかし残念だ。

二方向からの攻撃は、先輩やリュディそしてクラリスさんにお願いして訓練済みである。ダンジョンでは一対複数が多くなることが分かっていたから、なるべく訓練をしていたのだが、それは正解だった。

第三の手で弾き、第四の手で槌をガードする。しかし今度の第四の手はひと味違う。

槌が第四の手に当たった瞬間、ボフ、とまるで布に当てたかのような音が聞こえ、槌が第四の手に埋まる。この微妙な硬質化をマスターするのに、一体どれだけの時間をかけたことか。

「さて、ここでエンチャントを強化して、ストールの硬質化っと」

硬質化した布に包まれ、抜くことが出来なくなった槌を引っぱろうとしているノッカー。お腹ががら空きである。

居合いを使い、ノッカーを真っ二つにする。ノッカーは魔素と魔石と、一つの赤い宝石に変わった。それを見て思わず驚く。

「はっ？　う、嘘だろ？　なんでだ、一体どうしたんだ？」

思わず二度見してしまう。喜びよりも困惑の方が大きい。

ノッカーを丸々一日狩る予定にしたのは、経験値のためだけではない。むしろ狩りにくいし、もっと効率が良い場所は他にある。しかし、あえてここにしたのはドロップアイテムのためである。

そのアイテムは、残念な事にめちゃくちゃ落ちにくい。スマホゲーのクソ課金よりは確率がマシだが、スマホは金さえ出せばすぐ引けるという利点がある。

だが、こちらはそうもいかない。

とはいえ、このアイテムも一応買おうと思えば買える。しかし、あまりに高すぎてお小遣い（新人サラリーマンの年収クラス）ですら足りず、他の物が買えなくなるから泣く泣くカットした。この稼ぎさえなければ、さらに一日短縮出来たかもしれない。まあお小遣いをせびったらせびったで、普通に追加をくれそうな家族ではあるけど。

さて、先ほど倒したノッカーの所には、一つの魔石が落ちている。

ＲＴＡの生放送をしていた時は『屑運《くずうん》』の筆頭格なんて呼ばれていたのに、まさか一回目で取れるとは思っていなかった。いや、嬉《うれ》しいんだけどね！

落ちているそれを手に取ると、形をよく見てみる。うん、店売り商品をじっくり鑑賞してきた甲斐《かい》があった。これはアレと同じだ、間違いない。

『火の陣刻魔石、中級』だ。

それにしても不思議である。なんでノッカーって下級の陣刻魔石を使ってくるのに、中級を落とすのかが分からない。まあ下級も落とすんだけど。もったいぶらずに中級使えば良いだろうに。相手が弱く見えるのだとしても油断なんかせずに。まあ、いいや。

「さ、陣刻魔石も手に入れたし」

そう言いながら、ノッカーと蹴り飛ばしたカリヤドーの魔石を鞄《かばん》にしまう。ニヤニヤが止まらない。

「あと四つ出るまで狩るか！」

目標《願望》タイムは十二時間。出るまで延々と狩りだ！

…………地獄のはじまりである。

確率は収束する。だなんてキメ顔で言って遊べたのは六時間までだった。結局当初の計算どおり約十二時間を使用し、ようやく陣刻魔石を集めることが出来たが、もう意気消沈だった。

なんとか気を取り直し先へ進もうとするも、することは三十層ボスまでランニングである。

二十八層以降からはホブゴブリン達が消え『ペリュトン』と呼ばれる鹿に羽を生やした飛行モンスターが出現する。

もちろんガン逃げである。しかし。

「なんだか逃げるのも戦うのも大変になってきたなぁ……」

その理由は純粋にモンスターの速度を含めた能力が向上していることもある。しかし、一番の原因はモンスターの思考がより狡猾《こうかつ》になってきたからだろう。

ノッカーと戦っている最中に、空から突撃してくるペリュトンなんてまさにそうだ。とっさに第四の手で防御したが、危険極まりない。

さっき出会ったノッカーは、逃げる俺を追いかけてこなかった。不思議に思っていたら、近くにトラバサミ系の罠《わな》があったりもした。

まだモンスターの対処が比較的楽な階層であるものの、三十一層以降は少しまずいかもしれない。三十一層からは俺の実力並みかそれ以上のモンスターばかりになるだろうから。

とりあえず、今は目の前にいるペリュトンに、光の陣刻魔石（下級）を使用して即離脱である。

「金が湯水のように消費されていく……でも余らせすぎてもそれはそれでダメなんだよな」

余らせすぎることは、冒険の見通しをしっかり立てる事ができなかったことに他ならない。

それは事前調査がしっかり行われなかったということだろう。

まあ今回の俺の場合、事前調査の為にこのダンジョンへ来ることができなかった。そのため先輩への質問と知識だけで見通しを立てたのだから、甘いのも仕方ないだろう。

光の陣刻魔石を消費しきってたどり着いた三十層は、これまでの切りのいい階層と同じようにボスがいる。まあ当たり前であるが。

フロアは楕円形のフィールドと言えば良いだろうか。陸上競技場を小さくして、観客席を水路に変えたような、そんなフロアだった。

俺がフロア中心へ歩いて行くと、前方の水路から、ざぁざぁと水をかき分ける音が聞こえる。

そこに現れたのはこげ茶色の甲殻だった。水を割りながら凸凹の甲殻はゆっくり浮上し、そしてこちらへ近づいてくる。

次に水中から現れたのは、大きなハサミだった。

しかしそれは、つい先ほどまで十時間以上戦ってきたあのヤドカリのものではない。それよりも大きく太いハサミだった。またコイツにはヤドカリにあった特徴的な貝殻が無く、体全体が甲殻に覆われている。

「でてきたな、クラムボン」

クラムボンは蟹《かに》のモンスターである。

見た目は完全に蟹であるがその大きさは普通の蟹の比じゃない。そもそもハサミで俺を簡単につまみ上げる……いや引きちぎられてもおかしくない、それくらいの大きさだった。

そんな蟹が両方のハサミを上げて威嚇している様は……。

「なんて隙だらけなんだ……」

俺は用意していた火属性の中級陣刻魔石を取り出すと、クラムボンに向かって使った。

両方のハサミを上げてドヤ顔しているクラムボンに、下級とは比べものにならないぐらいの熱量を持つ火炎が、勢いよく飛んでいく。

蟹にぶつかった瞬間、凄《すさ》まじい爆発音が辺りに轟《とどろ》いた。ななみのエクスプロードアローをさらに強くした感じだろうか？　ななみも魔素を取り込んだり訓練することでいずれこれくらいはやってくれそうだ。

というかななみの成長速度が、一番異常なんだよな……。

オレンジ色の火が辺りいっぱいに広がると、爆風と一緒に香ばしい蟹の香りがする。お腹が空《す》いてきたので少し早い夕食にしたいところだが、残念なことにコイツは魔石一個では倒せない。

辺りには残り火があるが、両ハサミを掲げたままの蟹に向かって走り出す。そして刀を抜き、関節を切ろうとするも、それはハサミに阻まれた。

すぐさまクラムボンから距離を取ると、刀をしまい、抜刀準備を行う。そして第三の手、第四の手で左右を守りながら、クラムボンの様子をうかがった。

どうやらクラムボンは怒っているようだった。甲殻を赤く染め、まるで高速設定のミシンみたいに足踏みを行っていた。

まあ赤いのは俺が火炎を浴びせたからだろうが。

足踏みしていたクラムボンは、ハサミを俺に向けて縦方向にぶんぶんと振る。そしていきなり大量の泡を俺に向かって吹き出したかと思えば、その場から居なくなっていた。

「は？」

俺は泡らしき何かを払いながら、クラムボンを視界に入れる。

速すぎて乾いた笑いが漏れた。まるでスナガニを超巨大化させたようだった。しかし迫り来るハサミの威力は笑い事では済まされなかった。

第四の手でそれを受け止めるも、叩《たた》きつけられた衝撃は大きかった。勢いを殺しきれず吹き飛びそうになるのを第三の手でブレーキをかけることでなんとか防ぐ。

攻撃はそれだけではなかった。そのミシン並みの速さで動かす足で、俺の体を踏みつぶそうとしてきた。

第四の手で身を守りながら、その場から移動する。するとクラムボンは俺の居たところを通り過ぎ、半円を描くようにぐるりと移動し俺の前に立つ。今度は俺に向かってハサミを上下に振る。

俺は第三の手と第四の手を構え、刀に手を添える。

クラムボンが動き出したのは、ハサミを上下に四、五回ほど振ってすぐだった。

今度はハサミを大きく広げ、こちらに向けて迫ってくる。挟まれたら不味《まず》い、なんて直観的に判断し、すぐさま横っ飛びをする。

クラムボンは俺の居たところを通り過ぎ、少し進んだところで静止し、威嚇するように両方のハサミを上げた。

チャンスである。今度はクラムボンに向かって走りながら火の陣刻魔石を使用する。そして爆発して火が燃えさかっているが、お構いなしに飛び込んだ。

体が焼けるように熱い。いや、本当に焼けているのだろう。しかし、今はそれを無視だ。

クラムボンが硬直している間に、足をもぎ取ってしまうべきだ。

熱さで目を閉じているせいで、視界は不良のはずだった。しかし、心眼の効果だろう。集中すればするほど、クラムボンの姿がはっきり見えた。それと同時にクラムボンの行動も普段よりはゆっくりに見える。

俺はその関節に向かって刀を抜いた。

足を数本もいでからは早かった。バランスを崩した蟹の足を一本ずつ狩っていく簡単な作業である。クラムボンはたまにハサミで殴りかかってくるが、足が無いせいか踏ん張れないのだろう、ガードするどころか隙を晒《さら》す結果になっていた。

回復ポーションを飲み込みながら、小さくため息をつく。

「中級の陣刻魔石が無かったら、かなり苦戦してただろうなぁ……先は大丈夫かなぁ」

前途多難である。この先はモンスターが急激に強くなる階層の一つだ。

「三十一から四十、五十一から六十、そして六十五層以降が強くなるんだよな」

とはいえ、急激に強くなると言っても、敵は倒せないわけではない。それにしっかり対策を考えてきたし、問題ないだろう。

よし。ＲＴＡにおける基本技にして最終奥義でもしよう。

「よし、モンスターになるべく出会わないことを祈りながら、逃げるとしますか！」

三十一層に来て思ったことは、今までの洞窟《どうくつ》とか遺跡はなんだったのか？　である。まあ以前にも同じような現象を体感していたから、そこまで大きな驚きではない。

「暖かい日差しに、心地《ここち》好い風、透き通る空、日差しを反射する清流。ここはどこだろう？」

問うまでもなかった。ここはダンジョンである。レジャーシートを敷いて、皆で木陰に座りサンドイッチを食べる場所ではない。……サンドイッチ？　なんだか心の中がざわついているような気がするが、多分気のせいだろう。

さて三十一層から新たに登場するモンスターで厄介なのは……。

「想定では全部だな！」

鳥系も馬系も羊系も蛇系も、どれに出てこられても面倒極まりない。

一応この三十一から四十層を攻略できるぐらいの力をつけたと思っている。しかしそれはパーティを組んでいること前提での強さだ。

一応、一対一での勝負ならまず負けることはないであろう。

しかし敵が増えれば？　連戦になれば？　回復アイテムが無くなれば？　劣勢になることは間違いない。

もし俺のほかにリュディ、ななみのどちらかが居れば、消費アイテムをさほど使用しなくても八割がた突破は可能だろう。二人ともいれば、突破できないわけがない。

しかし今回ばかりは条件的に、ソロかつ急がざるを得なかった。

三会に入会するために必ず必要なのは成績である。俺が試験で高得点を取れるかといったら疑問符が浮かぶ。もしかしたら必死こいて勉学に励めば、奇跡的に良い点を取れたかもしれない。

しかし試験には実技テストがあるのだ。

ゲームではその試験は全て省略されており、自身の能力値に応じて点数を自動でつけられ、結果だけ表示されていた。そのため詳しいテスト内容は分からない。だからといって、午後授業だけでなく、午前授業をもサボっている俺が、良い点を取れるなんて微塵《みじん》も思わない。そもそも遠距離攻撃は苦手である。

かといって時間をかければかけるほど、三会に入会できなくなる可能性も高くなるだろう。

そもそも瀧音は、ゲームでどういったルートを選んでも、三会に入ることはない。代わりに別のキャラクターが入会してしまう。

上限人数がある三会には、なるべく早く、強いて言うなら伊織よりも早く入会しておきたい。

入会した後は……とりあえず図書館のイベントを進めるか？　いや、今は目の前にいるモンスターに対処するか。

そいつの体を動物に喩《たと》えるなら、馬と人間だろう。馬の下半身と人間の上半身を合体させたような姿で、ファンタジー系ゲームではゴブリンなどと並んで定番のモンスター、ケンタウロスである。

マジエクでケンタウロスを初めて見た瞬間は、いろんな意味で驚愕《きょうがく》した。その見た目が信じられなかった。

馬の下半身は分かる。その立派な筋肉のついた下半身は力強く地面を蹴《け》り、人間には出せないスピードで走ってくれそうだ。

持っている武器も分かる。弓なんてイメージぴったりだ。

だけど、なんで上半身が渋いおっさんなんですかね。

エロゲＲＰＧと言えば、ケンタウロスなんて喜んで女体化させるモンスターの一種である。そのたくましい馬の下半身に、存在感溢《あふ》れる大きな胸を持つ上半身が描かれることが多い。

しかし、このケンタウロスには無かった。明らかに渋いおっさんだった。これは本当にマジエクなのか？　と、自分の中に疑問が浮かぶくらいだった。

俺は偽のゲームを掴《つか》まされたのではないかと、本気で考えた。あまりに不安になって、友人にメッセージを送ったり、掲示板に行って確認したくらいだ。そのときは残念な事に、俺が攻略最前線だったことを知って終わったが。

まあその数十階層先に雌ケンタウロスが別名で出現し、非常に安堵《あんど》したのは記憶に新しい。雌ケンタウロスの居ないエロゲＲＰＧなんて、イチゴの無いイチゴミルクのようなものだ。

さて、ケンタウロスといえば、やはり。

「武器よりも速さが問題だよな……」

ケンタウロスは持っていた弓を構えると、魔法で漆黒の矢を作りだしてつがえる。そして俺に狙いを定め……手を放す。

「ふっ」

放たれると同時に第三の手を広げる。ななみよりも遅い。それは簡単に弾《はじ》くことができたが、ケンタウロスは次の矢を用意していて、すぐさま放ってきた。

それを避《よ》けながら、実験と調査もかねて走り出すことにした。幸い現れたモンスターはコイツ一体だけだ。

「……やっぱり速い」

単純な移動速度は、俺よりあちらに分があるだろう。また、調べてないが、スタミナも俺以上ではないかと踏んでいる。

それから攻撃を防御しながらその場から離れるも、少し厄介なことが判明してしまった。

移動が速く、スタミナがあるのは想定内だった。想定外だったのは。

「逃げられないっ……！」

最終的に音の陣刻魔石を使用して、かなりの距離を離れることによって、ようやく逃げ切る事ができた。

ゲームじゃあんなに簡単に逃げられたというのに。理由は一体何だろうか？

考えられる可能性でパッと思いつくのは。

「フロアが関係あるか？」

今までは何にせよ室内フロアで逃げることが多かったから、逃げ切れていたのではないか？

以前までは威嚇したあとにそのフロアから離脱してしまえば、追ってこないことが多かった。まあ、追ってくることもあるが。しかしそれでもその次、その次と進んでいるうちに、気が付けば追ってこなくなっていた。

「ここの見晴らしは最高である」

かくれんぼなんてしたら、隠れる場所が少なすぎてゲームにならないであろう。

嫌な予感しかしない。

「なんか条件でもあるのだろうか」

実はこいつらには縄張りのようなものが存在していて、それから離脱しなければずっと追っかけてくるとか。その可能性はありそうだ。

まあ、それは一つの可能性として置いておこう。

他に可能性があるとしたら、俺が弱いからだろうか？

とはいえ、マジエクの逃走に関係するのは、キャラクターの速度である。確かにケンタウロスは速いが、そこまで逃げられない訳ではなかった。

しかし逃げられないとなると？

根本的にだが、ゲームと同様に考える方が間違っているのかもしれない。ゲームでは単純に『自分の速度』と『相手の速度』の数値を使って計算し、結果逃げているだけである。

しかし、こちらはモンスターがモンスターという一つの生物であり、彼らはその本能に従って動いているだけで、追いかける追いかけないも本能によるところが大きいのではないか？

まあ、そうだとしたら、当たり前の事が当たり前に起きているだけなんだが。

「あー色々検証したい………っ！」

とはいえ、そんな暇は無い。多少の実験ならまだしも、様々な角度からデータを採取、精査するのに一体どれだけの時間がかかるのだろうか。

とりあえず分かっていることはすぐさま移動すべきという事だ。ここに居ても、無駄に時間を消費するだけである。逃げるのも大変になってきたのだから、なるべく早く次の階層、次の階層へと進むべきだ。

辺りを見回す。広がるのは広大な草原。先にはちらりと、モンスターらしき者も見える。

「実は現状って、結構ヤバイよな」

問題はモンスターからの逃亡だけではない。

「このまま進んで良いのか、さっぱりわかんねえ」

通路だったら東西南北とかで分かるから、なんとなく進めた。しかしこういった広大な平面フロアになってしまうと、俺の記憶にある二次元マップとこの三次元がうまくマッチしない。

目印みたいな物があれば良いんだが。

「次層への転移ゲートが、入ってきたときと同じだったら少しは目印になるか？」

確かこのフロアに入ったときは、足下が石畳になっていた。

そしてその上に魔法陣があったから、この次の層へ行くためには石畳の足場を探せば良いのではなかろうか？

では、それはどこにあるんだろうか。

三十層を超えてまだ一層目だというのに、先が思いやられる。

とりあえず、祈ろう。すぐに見つかりますように。

「キツすぎる……」

三十一層から三十三層までを抜け、ある程度分かったことは。

「敵が見えたら、近づかない」

不用意に近づくと、戦闘が始まってしまう。逆に近づかなければ、相手も近づいてこないことが多い。

残念なのは、その敵が多いことだけだ。

「いやぁ、マジできっつい……」

一対一での戦いならば良い。時間はまあかかるものの、勝つことはできる。しかし複数となると、クラリスさん達を相手にするほどではないにしろ、つらい。

今はテンションを保っていられるが、さらにキツくなってきたら、どうなるか分からない。

また想像以上に時間がかかっている事も、俺にのしかかってきている。暖かい日差しがこちらを照らしているが、ここはダンジョンである。時計を確認するに、もう夕方と言っても差し支えなく、後数時間したら夕飯の時間だ。予定ではこの時点で三十五層まで行っているはずだった。

今日は三十三層を攻略したら、休んだ方が良いだろう。予定より遅れてしまうが、元々一日多く見積もってスケジュールを立てていたから、まだ大丈夫だ。もし余らせていた一日を使うなら、多分ここだとも思っていたし。

また、自分の精神に負担をかけているのは、それだけではない。想定以上にアイテムを消費していることもそうだ。余裕を持ってアイテムを買いそろえたつもりだった。しかしこれから先を考えると余裕はほぼ無いに等しいというか、最悪四十層前に尽きるかもしれない。

でも消費しないと逃げ切れないこともあるから、それは使わざるを得ない。しかし場合によっては逃げるのにも手こずる。

そして三十三層から登場するコイツによって、さらに消費が加速していくのは目に見えている。

前方に現れたのは、バサ、バサと自分の体ぐらいはありそうな腕の羽をはためかせ、こちらを見下ろすグラマラスボディの女性型モンスター『ハルピュイア』。

ハルピュイアは三十一層から四十層で一番会いたくないモンスターである。その理由の一つはインプと同じだ。

インプが小さくて可愛いなら、ハルピュイアは大きくて可愛い。その顔立ちはどこか幼くもあるから、童顔で体は発育の良い大人みたいな感じと言えば良いか。

多分ハルピュイアが飲み屋に行ったら、身分証を提示するよう言われる事もあるだろう。インプ、ノッカー、お前らは誰がどう見てもアウトだ。

さて、ハルピュイアとの戦闘で注意しなければならない事は、いくつかある。まずは服とかいう煩わしいものから解放されたその大きい胸の挙動と、それを支える栗色のブラ………ではなくて、いやなきにしもあらずなのだが………。

注意しなければならないのは、鳥のような足から伸びる鋭い爪であろう。

資料や先輩から聞いた情報によれば、その足の爪をこちらに向け、急降下してくるらしい。時たま風の魔法も使うとか。

　ハルピュイアの対策は、

「もちろん逃げなんだよな……」

　しかし問題もある。魔石だ。ハルピュイアには火の陣刻魔石と音の陣刻魔石が有用であるはずだが、ハルピュイアの出現階層が三十三から四十層までと、かなり長い。

　単独で出現した際に、魔石を消費して良いのだろうか？

　ただでさえ馬とか蛇とかで消費が急増しているというのに、単独に対して使用して良いのだろうか。まあコイツの能力を考えれば、結論が『単独でも使わざるを得ない』になりそうだ。

　今回の場合は本当に陣刻魔石が効果的か調べるために、使ってしまうのだが。実験をするなら単独が一番だ。何が起こるか分からないのだから、なるべく安全を確保してから、だ。

　下級の陣刻魔石を手に取ると、ハルピュイアに向かって発動させる。

　まずは火。中級を見たからだろう、その火球は小さく頼りない。しかしハルピュイアにとっては嫌らしく、すぐさま回避を行った。

　速い。

　ハルピュイアは今まで出会ってきたモンスターの中で、一番機動力があるかもしれない。

回避を行った後は、すぐさま鋭い爪をこちらに向け、下降してくる。

風を切るように進む彼女は、さながら大きな矢だった。

加速して凄《すさ》まじい速さでこちらに来る彼女ではあったが、あまりに直線的すぎる。回避は楽そうに見えたが、ここはあえて受けることにした。

第三の手を支えに、第四の手で彼女を受け止める。ガキン、と金属と金属がぶつかる音がして、体中に衝撃が走る。しかし、それだけだった。

クラムボンに比べたら、コイツの攻撃は弱い。しかし別の意味で厄介だ。

「やっぱり、速い」

ハルピュイアは第四の手を踏み台にして、また空へ飛び上がる。そして、今度は口を大きく開き、大声で鳴いた。

思わず、舌打ちをする。まだ色々な実験が終わっていないが、すぐさまここから逃げ出した方が良いだろう、いや、もう逃げ遅れてしまったか。

横から飛んできた矢を弾《はじ》き、その方向に視線を向ける。そこに居たのはケンタウロスだった。

ハルピュイアの一番厄介な点は仲間を呼ぶことである。もしここにパーティで魔素集めに来たのなら、それはいたって有益であっただろう。しかし俺はソロで、空に浮かぶモンスターに対して役立たずみたいなものだ。

ドス、と俺の足下に矢が刺さる。魔法で作られていたのであろう、その突き刺さっていた矢は、まるで何も無かったかのように消え、土に穴だけを残した。

先ほどから放たれる矢は、的確に俺の体を狙っている。しかしケンタウロスに気を取られれば、ハルピュイアが俺に攻撃してくるであろう。

または追加で仲間を呼ぶかもしれない。

戦うには明らかに不利だ。しかし、逃げ切れるだろうか？

倒すにしてもまずハルピュイアをなんとかしなければならない。しかし空を悠々と飛ぶ彼女に、俺は原始的な投石攻撃か、消費アイテムを使うしかない。

逃げるしかないか。

しかし、彼女らから逃げ出せたのは、それから三十分ほど経過してからだった。

「ハルピュイアが厄介すぎる」

夕食を食べ終わり、淹《い》れたてのコーヒーを飲みながら、物思いにふける。

本来だったら三十五層を攻略し終えている予定だった。しかしどうだろうか？　今いるのは三十四層であり、そこから一歩も進んでいないというのに、就寝準備を終えている。

このままではまずい。ハルピュイアへの対策が早急に必要だ。

分かったことは、彼女らは非常に警戒心が強いということ。飛んでいる彼女らを打ち落とすのは難しい。一匹だけならなんとかなる。しかし厄介なのが。

「仲間呼びがどうにかならないか……」

ゲームだったら移動しなくても経験値を呼び出してくれる、美人な有益モンスターであるのだが、逃げることを考えると最悪のモンスターかもしれない。

それに同族だけではなく、機動力のあるケンタウロスを呼び出すのもまたウザったい。幸い三十七層でケンタウロスは出現しなくなるが、まだまだ先だ。それに他の階層で厄介なヤツが出てくるからプラマイゼロだし、むしろそいつらの出現が重なった階層が、非常に辛《つら》いだろう。

辛いのは分かっていた。だけど逃げればなんとかなるかと思っていたから、予想以上にキツい。

確かに三十層までは楽だった。

とはいえ、今を見越してもっと早く来る事は難しい。それは休憩を減らし走り続けることに他ならない。ギリギリまで切り詰めても数時間。それをしかと捉《とら》えるのか、それほどと捉えるべきか。しかし無理をする事は確実だ。

ここの対処として一番いいのは、音の陣刻魔石だろう。直撃させるのが大変なハルピュイアに直撃させなくても効果があるから発動した時に隙を作れる。

ただ、残念な事に。

「残り僅かと……」

他の魔石と交換してくれるんだったら、是非交換して欲しい。

火以外の属性が少しずつ余っている。それらを買わずに音の陣刻魔石にすれば良かったか？

いや、無理だな。試走できないのに、アイテムを極限まで効率化させるのは無理だ。逆に試走なしでよくここまで用意できたと思うべきだ。

音の陣刻魔石が比較的安いからと言って少し過剰に使いすぎたか？

うん、とりあえず寝よう。これ以上は明日に響く。

三十四、三十五層を突破しての感想は、比較的マシだった、であろうか。

ハルピュイアが出た時だけはどうしても苦戦必至であったが、見かけた瞬間に逃げて進んでいくことで、ある程度は良かった。

しかし三十六層からは、ハルピュイアほどではないが面倒な敵が出現する。

三十六層でいの一番に出会ったのは、ハルピュイアだった。木に寄りかかってひなたぼっこしているハルピュイアを、後ろから襲いかかってボコボコにしたい衝動をすんでの所で抑え、少し離れて走って行く。

ぶん殴る事でストレス解消にはなるだろうが、途中で気が付かれて仲間でも呼ばれたら目も当てられない。

それから少し進んで現れたのは三十六層からの登場モンスター、トウテツである。

トウテツは体の大部分が羊ではあるが、顔は狛犬《こまいぬ》とかシーサーのようで、口には白く鋭い牙《きば》が生えている。噛《か》まれたら大きな穴が開きそうだし、最悪食いちぎられそうだ。またその頭には巻き角が生えており、狛犬と羊のキメラとでも言えば良いのだろうか。

トウテツの厄介なところはいくつかあるが、一番は速さである。マジエクのゲーム内では、ケンタウロス並みに速度の数値があった。羊の体が大半なくせに、よくもまあそんなスピードが出せたものだと感心する。

残念な事に逃げるのに手間取りそうだ。

トウテツはこちらに気が付き、横歩きをしながらグルグルと喉を鳴らし、こちらを威嚇する。俺が第三の手に魔力を込めて近づくと、トウテツはこちらに向かって火を吐いてきた。

トウテツの厄介さは速さだけではない、遠距離攻撃もできることである。

第三の手で身を守りながら、すぐにそこから移動する。トウテツも俺の動きに合わせ、火炎の向きを変えてくる。

トウテツの吐く火の威力は下級の陣刻魔石よりは上だが、中級に比べれば全然であり、たいしたことはない。ただ、

「ケンタウロスとハルピュイアと一緒に出現されたらまずい」

近距離攻撃も火属性遠距離攻撃も可能なコイツに、ハルピュイアやケンタウロスなんかがそろうと、四方八方から攻撃が飛んできそうだ。

それを考えたらこの層と次層はすぐさま突破しなければならない。

だから決断しよう。厄介なモンスターが重なるこの辺りで、ほとんどの陣刻魔石を消費することを。

第三の手に水属性を付与し、火をかき分け前へ前へと進む。火炎を止めて、引っ掻《か》こうと飛びかかってきたトウテツを第四の手ではたき落とし、距離を詰める。そして抜刀した。

トウテツ単体は狩り。ケンタウロス単体も狩り。二体以上は辺りを見渡し戦闘か離脱の選択。ハルピュイアがいたら、アイテムをバカ消費してでも離脱。

なんて行動指針を考えながら、魔素を吸収し魔石を回収する。

そして走り出してすぐに新たなモンスターを見つけた。見つけてしまった。残念な事に次のお相手はハルピュイアのようだ。

「ゲームじゃ超簡単、とまでは行かないけれど普通に逃げられたんだがな」

目の前のハルピュイアはあろうことかトウテツを二匹も連れているじゃないか。

散歩かな？　ずいぶん厄介なモンスターと散歩しているんだな。トウテツが雄雌だったらいずれ子だくさんで散歩が大変そうだ。

なんてアホなこと考えながら、道をそれていく。残念な事にこっち側ではケンタウロスを発見してしまった。

立ったままどうしようか考えたのがいけなかったのだろう、ハルピュイア達が、こちらに近づいている。

トウテツたちはその場で固まっていればいいものを、綺麗《きれい》に二手に分かれるときたもんだ。獲物の追い込み方を分かってるじゃないか。

すぐさま音の陣刻魔石を握り、発動の準備をする。ケンタウロスが来る前に、逃げ出すか片付けるか決めなければならない。

急降下するハルピュイアに向かって音の陣刻魔石と火の陣刻魔石を発動させた。

「……」

言葉を発せられない。

三十六層がこれほどつらいとは思っていなかった。毬乃さんがノリノリで特注してくれた高性能制服もボッロボロだ。

体の傷はさっぱりだが、それは回復アイテムのおかげで癒《い》えてるだけで、心の方は服と同じような感じだった。

「どうするかなぁ……」

体を動かすのが億劫《おっくう》だった。しなければならないのに、体を動かしたくなかった。本当にマズイと理解しているのに、それでも体は動かしたくなかった。

なんとか三十六層までを突破できたものの、後三十七、三十八、三十九、四十層と先は長い。だというのにもう体、というより精神が疲れ切っている。時間も時間だから、そろそろご飯を食べて寝た方が良いだろう。

しかし寝たら寝たで、今度は一日で残りの四層とボスを倒さなければならない。

明日から速度アップできるか？　陣刻魔石が無限にあればできることだろう。現実はそんな事できるはずもない。

この三十六層で、かなりの陣刻魔石を使ってしまったから、用意していた物は四十層前に尽きる可能性もあるだろう。しかし三十七層も魔石を取っておくとか甘い考えは捨てるべきだ。ハルピュイアとトウテツのコンボにケンタウロスのフォローは凄《すさ》まじく嫌らしい。

唯一の救いは三十八層からケンタウロスが出現しなくなり、亀以下の鈍足モンスターが現れることか。

ああ、こういうときこそ、簡単にでも料理をして美味《おい》しい物を食べなければならない。

気分を変えるためにも。

しかし、なんにもする気分じゃなかった。

まったく、やっべぇ兆候だ。

腹持ちの良いクッキーを何枚か手に取ると、封を開け口に入れる。

単純に辛かった。精神が摩耗して、感情が無くなりそうだった。

普段だったら元気の出るエロゲソングでも歌って気分を変えようとするのだが、一フレーズ歌ってすぐに果てた。そんな余裕もなかった。

気持ちの持ちようが一番大切だって事は理解しているけど、なんだか気分を上げられない。

あと三層、されど三層。あと一日で四十層まで行けるのだろうか？

四十層にはボスがいるのだ。こんな調子で、ボスに勝てるのだろうか？　食べているクッキーのような食料を見つめる。

それは粉っぽくてパサパサだった。全然美味しくない。コーヒーで飲み下すも、満足感は無かった。

風呂《ふろ》に、入りたかった。熱いシャワーを浴びて、毬乃さん宅の豪華な湯船につかって、ゆっくり手足を伸ばしたかった。

もうこのまま地上に戻ろうか？

そんな考えが頭をよぎった。

もう十分やったのではないだろうか？　そう思った。今帰れば確実に学年一位は取れるだろうし、三会入会も果たせるだろう。初回攻略特典は取れないかもしれないが、一応他の場所でも取れるっちゃあ取れる。ここが一番早く、条件が比較的楽なだけで。

考えれば考えるほど、それでいいような気もしてきた。無理をするのが一番危険なのではないかと。

挑戦はいつでもできる。死んでしまうのが、一番してはいけないことだ。

ポケットに手を突っ込むと、そこには帰還魔石の他に、三つの四角い物が入っていた。

俺はその三つの物を引き抜く。

それはお守りだった。

一つは凄《すご》く縫い目が綺麗《きれい》で、まるで機械で作ったかのように美しかった。そこには小さい滝と、それを受け止める小川が縫われていた。

二つ目のそれは高級そうな白い布地に、やたら長いマフラーをしたメイドが縫われていた。

最後の一つのお守りの縫い目は、あまり良いとは言えなかった。だけど壊れないようしつかり縫われており、右下にはクローバーがあった。

　不意に花邑《はなむら》家での出来事を思い出した。

　俺がななみと一緒に亀狩りから帰ると、先輩とリュディとクラリスさんが慌てて部屋を片付けていた。そしてなんだかよそよそしくて、まるで俺に隠し事をしているかのようだった。

　それを見たななみは、なんだかちょっとだけ不機嫌そうに「果報者！」だなんて言いながら俺の脇腹を小突いてきた。「私《わたくし》も時間があれば……いえ、無理矢理《むりやり》にでも作って……」なんて呟《つぶや》いていたから、俺は言ってやったんだ。

「だから休みを取ってくれ、お前は働き過ぎだ」

「ご主人様は私《わたくし》から至高の時間を奪ってしまうおつもりなのですか⁉」

「仕事が至高の時間ってどういうことだよ⁉」

　そこからななみとの漫才が始まって、それを見ていたクラリスさんが最初に噴き出して、いつの間にか帰ってきていた毬乃さんが茶々を入れて、姉さんは黙って聞いてるんだけど、どこか楽しそうで、先輩とリュディがいつの間にかこっちに来て笑っていた。

　その次の日。先輩がはにかんだ笑顔でお守りを渡してくれた。「成功を祈ってる」と言って。

その後にななみもお守りを渡してくれた。なんだかぼんやりとしていた日があったから、徹夜したのだろう。リュディは心配そうで少し泣きそうな顔をしていた。

そして……体に巻き付いた腕に、俺が添えた手。

手に持ったお守りを、ぎゅっと握りしめる。

——もう少しだけ、頑張ってみようと思った。

もう開き直った。

三十七層を、それこそ湯水のようにアイテムを消費したら、もはや三十六層とは何だったのかと問いたいぐらいに、楽に抜けてしまった。

いや、実際の所、苦労したはずなのだ。それは時間が教えてくれる。

でもなんだか苦労を苦労と感じない、不思議なトランス状態みたいになってて、意味不明に思考が冴《さ》え渡っていた。

三十七層を抜けて、三十八層からは本当に楽だった。ハルピュイアの出現率が大幅に下がり、代わりに鈍足の牛さんが出現数を増やした。しかし鈍足なんて逃げてくださいと言っているようなものだ。

また希《まれ》にしか出ないハルピュイアが牛を呼び出すのも追い風だった。

鈍足呼び出してどうするんだ。俺はその隙にハルピュイアをなんとかして牛を放置するだけだ。

そうして四十層に到着したのは昼頃だった。このフロアに、ハルピュイアに、慣れたのが良かったのだろう。また鈍足が増えたことも良かったのだろう。苦戦はほぼ無かった。

ただし、音の陣刻魔石は空っぽだ。

でも音の陣刻魔石はあったとしてももう使わない。

四十層ボス前の魔法陣でゆっくり昼食を食べた。なぜか魔石コンロの調子が悪かったから、火の陣刻魔石（下級）を使って、落ちていた木々を無理矢理燃やした。

それで温かいスープを飲み、温かいコーヒーも淹《い》れた。

陣刻魔石で火をつけるとか、今までやったことすらなかった。火の勢いが強すぎて集めた火口や木がバラバラになった時には、焦った。でも吹き飛んでほとんど何も残っていないその惨状を見て思わず笑ってしまった。

気分は最高だった。さて、残すフロアはあと一つだ。

昼食を食べたら何をするか。横になって休憩だ。最高の体調でボスに挑もう。

四十層は一般生徒が相手にする本来の四十層ボスではなく、初回ソロ限定の隠しボスが出現するのだから。

そこはヨーロッパに遺跡としてありそうな闘技場だった。剣闘士が戦っていそうな楕円《だえん》形《けい》のフィールドに、それを囲むような観客席。

石造りの椅子には誰も座っておらず、この場に立つのは俺だけだった。

そこへ自分の反対側のフィールドに一筋の光が射し込む。その光の先を見ると、そこには一つの影が出来る。

俺は荷物にくくりつけていたお守りを、子供をなでるようにさわり、そして大きく深呼吸した。そしてそのお守りをポケットにしまう。

ゆっくりと、男性が空から降りてくる。その男性の背中には灰色の羽が生えていて、それを羽ばたかせることなく、地上へ降り立った。

彼は古代ローマで着ていそうな鎧《よろい》を身につけ、刃渡り一メートルほどの剣を紐《ひも》で腰にまきつけている。そして腕には金属でできた円形の盾を持っていた。

背中の羽をたたむと、彼はこちらを見た。その羽はまるで白鳥の羽を大きくしたような形だった。

その姿は絵画に描かれる天使と酷似している。

しかし俺は知っている。彼は天使ではない。

「こんにちは、イカロス」

もちろんであるが、彼は何も言わなかった。彫りの深いイケメン顔をぴくりとも動かさず、こちらをじっと見ていた。俺は刀に手を触れ、ストールに込める魔力を強める。そして彼に向かって歩き出すと、ようやく彼は剣を抜いた。

左右に体を振りフェイントをかけながら、俺はイカロスの体に向かって第三の手で殴りかかる。

かなりの力で殴りつけたつもりだったが、イカロスは腰を落とし、盾を動かすだけでそれを受けきった。その場から微動だにしない。

そしてお返しとばかりに振られたその剣を、第四の手で受けようと自分の前に出す。そして弾《はじ》いている隙に抜刀しようか、なんて思った。しかし。

「吹き飛ばされるって、どんな馬鹿力だよ……」

もっと意識して受けないとダメだろう。彼の一撃の重さはクラムボン以上だ。すぐに攻撃する考えを捨て、回避に専念する。イカロスは続けざまに第二第三の攻撃を行ってくる。時には剣、時には盾、時には足で。

またイカロスの速さはハルピュイア以上だった。今までのモンスターと比べたら、全能力がずば抜けて高い。

しかし、それもそのはずだ。イカロスは四十層に出ていいボスではない。ゲーム二周目で強化されたキャラクターが相手にする、『深層クラス』のモンスターだ。

もし五十層あたりで苦戦するようなパーティが彼に挑んだら、まず負けてしまうだろう。俺だって何の用意も無く来ていれば、負けは確実だ。たとえ用意をしていたとしても、負けるかもしれない。それほどの相手だ。

イカロスはゆっくり浮きあがり空へ飛ぶと、剣の切っ先をこちらに向ける。その剣は日差しを反射してキラリと輝いていた。

なんだか嫌な予感がするな、なんて思ったのもつかの間だった。

俺に剣を向けたままイカロスは降下し始めた。そしてぐんぐんと加速していく。

不意に、ハヤブサの降下速度が、新幹線より速い事を思い出した。そして同時に背筋に冷たいものが走る。

絶対受けちゃダメだと、体中が言っていた。すぐさま走り出し、足と第三の手と第四の手の全てを使って全力で回避行動を行う。

空気を裂く音がした。

フォン……と言った生やさしい音ではない。ゴォォォとミサイルのような音だ。直撃したら吹き飛びそうだし、運悪ければバラバラになるであろう。こんなの一度でも受けたら負ける。

　しかし対策はしっかりと用意している。

「これを集めるために、いったいどれだけのノッカーを倒したことか」

　イカロスはもう一度飛び上がり、降下攻撃を行うも全力で回避する。イカロスは通じないと思ったのか低空飛行でこちらに近づいてきた。

　俺はこちらに接近してきたイカロスの横薙《よこな》ぎをわざと受ける。そして彼の力を利用し、横っ飛びすると、彼の羽に向かって火の陣刻魔石（中級）を発動させた。

「――――――」

　イカロスの弱点は火である。ゲーム制作者がギリシャ神話からネタを持ってきたのであろう。ロウでできた翼で空を飛ぶも、太陽に近づきすぎて溶けてしまう話はあまりにも有名だ。

　ホント、コイツにこの弱点があって良かった。無かったら、俺は初回ソロ四十層攻略を諦《あきら》めていたかもしれない。

　羽を溶かされ、声にならない叫び声を上げながら、地べたを転がる。そして鋭い視線をこちらに向けたのを見て、俺は追加でもう一発お見舞いしてやった。

　俺はすぐに追撃しようと思ったが、彼は転がりながらその場から離脱してしまった。

　天使のようなイカロスは見る影もなくなっていた。

　あの立派な羽は溶けて無くなり、羽が付いていた背中には二筋の白い線が走っている。

また炎に身を焼かれ体が赤黒くなり、非常に痛々しい。

しかし彼はくじけていない。立ち上がり、剣をこちらに向け、俺を見据えていた。

彼は自分の足で地面を蹴《け》ると、俺に向かって剣を振るう。羽がないせいか、火傷《やけど》のせいか、威力は少し弱くなった。しかし攻撃が通じないとみるや、すぐさま太刀筋を変え、時には盾で俺を押し何とか隙を作ろうと、四方八方から攻撃をして来る。

大きなダメージを負ってしまったというのに、果敢に立ち向かう彼を見て、ふと思った。

なんて強いのだろう。

彼は本当に凄《すご》い。羽を無くし体を焼かれ、打ちひしがれてもおかしくないのに、それでもなお立ち上がる。そして創意工夫された攻撃で羽があったとき以上に攻めてくる。

そんな彼を見て思う。

「俺も、こうありたいな」

俺の強さとはなんだろうか。強さの源ってなんだろうか。

瀧音幸助の持っていた莫大《ばくだい》な魔力？　俺の知識で得た力？　俺の努力で得た力？

多分それらも含まれているだろう。

しかし本当にそれだけか？　それだけで、ここまで攻略出来ただろうか？

絶対にできなかっただろうと、断言出来る。

途中で倒れていたであろう。くじけていたであろう。クラムボンにも勝てなかったかもしれない。ハルピュイア達に囲まれて倒れていたかもしれない。

俺がここで戦えているのは、どう考えても皆のおかげだ。

クラリスさんが毎日のように稽古《けいこ》をつけてくれなかったら、先輩が親身になって技術を伝授してくれなかったら、リュディが俺の特訓の手伝いをしてくれなかったら、姉さんが毬乃さんが場所やら道具やら知識やらで協力してくれなかったら、道中のどこかで、必ず躓《つまず》いていただろう。

不思議な感覚だった。なぜかこんなにも戦闘の事以外を考えているのに、イカロスの攻撃はしっかり全部受け流すかよけられていた。

集中すればするほど、イカロスの体の動きがスローモーションになっているような……。

それから、何合打ち合っただろうか？

イカロスは埒《らち》があかないと思ったのだろうか。さっきよりさらに踏み込んで、より速く、しかし荒く剣を横薙ぎにする。しかしその太刀筋はしっかり見えていた。第三の手でそれを受けて、体のバランスを崩すふりをする。

イカロスはそれを好機と思ったのだろう。たたみかけようと俺に向かって盾で殴りかかってくる。しかしその行動は第四の手で防いだ。

今の俺は隙だらけと見たのだろう。彼は剣を大きく振り上げていた。日の光を反射するその剣が振り下ろされるのに合わせて、刀を抜いた。

勝てる。

しかし、そうはならなかった。それは体に弾かれ、薄皮を切るに過ぎなかった。

「――――――」

何が起こったのだろうか。今、確かに俺はイカロスを切り裂いたと思った。しかし切れなかった。

急いで距離を取りながらその姿を見て思わず呟《つぶや》く。

「うそだろう……？」

イカロスから黄色い魔力がこれでもかとあふれてくる。

いったいこの現象はなんだ？　いや、近い事象は知っている。それは暴走状態だ。

マジエクは体力が一定以下になると全能力を強化する、暴走状態になることがある。それが今、発動してしまった。だけど俺の知るイカロスは羽を落とせば暴走状態にならなかったはず。

いや、そんな事を考える前にだ。早く対策を考えよう。そう思うも、更に予想外なことが起きてそれどころではなくなった。

なんとイカロスは持っていた盾を捨て、両手で剣を持ったのだ。

俺が動揺している間に、イカロスは地面を蹴り勢いよくこちらに一直線に飛び込んでくると、構えていた剣を振り下ろす。

重い。

第三の手と第四の手で防ぐも、その攻撃で吹き飛ばされかけた。速さも力も数段上がっている気がする。

また、すぐさま攻撃し返して分かった。イカロスの体が異様に硬くなっている。

抜刀でも薄皮を切る程度だったのを鑑みるに、相当硬くなっているだろう。また暴走状態の彼は、スローモーションに見えるが、その速さに自分の体が追いついていなければ、意味がない。今はなんとか食らいついている、そんな状態だ。

盾を捨てたのは自身の防御が向上したから、その分を力に持っていこうとしたのか。それとも少しでも軽くして速さを上げようとしたのか。

クソ。ずるいだろう。なんで体が硬くなるんだよ？　人間辞めちまったのか？　いやここはダンジョンだ。人間を模した人間ではない何かであってもおかしくはない。

イカロスとは膠着《こうちゃく》状態に陥った。

俺が守りに徹しているおかげで、イカロスからは攻撃を受けていない。しかしこちらの攻撃もイカロスに通っているように見えない。

俺が刀を抜く。イカロスは剣で受ける。第三の手で殴る。少し吹き飛ぶも何ごともなかったかのように動く。

じり貧である。

不意にイカロスは大きく俺から距離を取った。

何か魔法でも使ってくるのだろうか。俺はストールを体の前に出す準備をして、イカロスを睨《にら》みつける。

イカロスは魔法を放つわけではなかった。しかし彼は纏《まと》う魔力を大きくしていく。

ここで決めようとでもいうのだろうか。更に彼の体に魔力が巡っていくのが分かる。

勝てる、と思ったんだけどな。

単純な見た目は、先ほどと変わらないだろう。しかし俺の心眼が、先ほどまで戦っていたイカロスとは、全くの別物だと言っていた。

今でさえギリギリなのに、俺は彼の攻撃を受けきれるのだろうか。そして、ここで負けてしまうのだろうか、ここまできて終わるのだろうか。

ポケットに手を当てる。

そこには少しだけ厚みがあって、中にお守りが入っていることが分かった。

不意に先輩とクラリスさんとの訓練を思い出した。俺の訓練を二人は根気よく手伝ってくれた。その後汗だくの俺を見たななみが「タオルですか？　お風呂《ふろ》ですか？　それともわ・た・し？」だなんて言っていた。あの時『わたし』を選んでいたらどうなっていたのだろうか。

風呂に入ったあとは、なぜかリュディが慣れない手つきでマッサージしてくれた。とてもやる気満々で。ただ、ななみや先輩に比べればあんまり上手《うま》くない。しかも終わったらカップラーメンを請求されるんだけど、やりきったドヤ顔を見るとなんだか元気が出た。

ああ、今日はカップラーメンでも買って帰ろう。そして、またあのドヤ顔を見るんだ。

そうだよ、買って帰らなければならないんだよ。なら、負けられる訳がないじゃないか。

いったいどうすれば良いんだ。対抗策は？

陣刻魔石を使うのもアリだ。しかし効かなかったら？　抜刀術『瞬《またたき》』は？　しかし薄皮一枚しか切れなかった。

先輩だったら、切れるのだろうか、先輩だったら……先輩…………？

不意に先輩の姿が脳裏をかすめる。先輩のあの美しい太刀筋が脳裏をよぎる。その姿が自分に被《かぶ》る。

あの刃《やいば》なら、先輩ならば……このイカロスを両断できるのだろうか。

イカロスを視界に入れ、小さく深呼吸する。

なんでだろう、今なら再現できそうだった。俺は先輩のように連撃は出来ない。でも自分の持てる全てを使って一刀なら再現できそうだった。であれば、その一刀を渾身《こんしん》の力で放とう。一刀であの先輩の美しい閃《せん》を再現したらどうだろうか。

記憶にこびりついて離れない、先輩を自分に重ねる。先輩はあの時どうだった？　落ち着いていて、力が入っていなくて、一呼吸で、そしてまっすぐに……。

制服のポケットからゆっくり手を離す。

ああ、不思議だ。まるで先輩のように体を動かせそうだった。それに後ろからリュディが、ななみが、姉さんが。皆が支えてくれているような、そんな気がした。

力を溜《た》め終えたのだろう、イカロスは荒い声を上げながら地面を蹴る。

その体は淡い黄金色に輝いていた。顔を鬼にして目を血走らせ、疾風のように駆けてくる。剣先を自身の後ろに、それもいつこすれるか分からない、地面すれすれに持ち。

近づいてくるイカロスの腕に、剣に魔力が送られているのが分かる。今まで俺が受けたことがないような、大きな大きな、とても大きな力が、俺を襲うだろう。

恐怖は不思議となかった。緊張もなかった。ただ俺には剣閃が見えた。

腰を落とし刀に手を触れる。鞘《さや》に魔力を溜めて、迫り来るイカロスを見つめる。

イカロスがその剣で下段から切り上げる。一拍遅れて俺の魔力が鞘で爆発し、刃が彼に迫っていく。

カシャンと、金属音が辺りに響く。

それはイカロスの剣と腕だった。

イカロスは驚愕《きょうがく》の表情を浮かべていた。先の技を見て斬られないと思ったのだろうか。

しかしこれはもう普通の『瞬』ではない。

皆に背を押して貰って、先輩の剣閃を見て、初めて使えるようになった……一つ上の『瞬』だ。

未《いま》だショックが冷めないイカロスに向かって、最後の火の陣刻魔石（中級）を使う。

なぜかは分からないけれど、うっすらと線が見えた。ここを斬れば、確実に斬れるだろうと、なぜか理解できる線が見えた。なら俺はただここを斬れば良いという線が見えた。

俺はその線に向かって閃を描けばいい。

そして体中を燃やし、うめき声を上げるイカロスに向かって、もう一度抜刀する。

「弐式《にしき》――瞬《またたき》――」

彼の体が握り拳《こぶし》サイズの魔石に変わると同時に、闘技場の中心に煌《きら》びやかな装飾が施された宝箱が出現した。

その箱を開けると、中に入っていたのは金色に光る小さな種だった。俺はそのいくつかの種を手に取り、握りしめる。

　ついに手に入れた。サブキャラクターが最強になるために絶対必要なアイテム。

　成長限界解除アイテム『可能性の種』。

　これを飲み込むことでゲームでは全ての能力の上限値が取り払われ、自由にステータスを上げることが出来るようになる。周回プレイヤーがレベルを下げるアイテムなどと共に使用し、己を限界まで育てるためのアイテム。それだけではない、俺含む一部キャラクターは、装備可能な武器が増える効果もあったりする。

　これは伊織や、開発者お気に入りのヒロイン達には、なくても良いものだ。もちろんあった方が更に強くなれる。しかし元々可能性の塊である伊織達は、こんなものなくても化け物級の強さを得られるのだから。

　だけど俺にはどうしても必要だった。可能性の種は文字通り可能性の種である。これで俺には……。

　それにダンジョンは今後一人で行かなくてもいいのだ。

「ヤバイ。なんだろ……『可能性の種』とかどうでもよく感じてきた」

　確かに可能性の種を入手出来たことは嬉しい。これを求めるためにいったいどれだけの事をしてきたか。

いや嬉《うれ》しいには嬉しいんだ。

なんだろう。可能性の種よりももっと大きな力を、すでに貰《もら》っている気がするのだ。

やっぱり可能性の種を得た喜びよりも、もっと大きい別の感情があふれてくる。そして心の中で暴れている。

会いたい。

早くここから出て、彼女達に会いたい。そして伝えたい。

彼女達には突拍子もないなんて思われるかもしれない。急に何を言い出したんだ？　なんて思われるかもしれない。

でも、会って伝えたかった。

俺は『可能性の種』をすべて鞄《かばん》にしまい、転移魔法陣で外に出た。

ダンジョンの外は快晴とは言わないまでも、青い空が広がっていた。日差しは照りつけるものの、気温はそれほど高いわけではないようで、ボッロボロの制服を着た自分にちょうど良いぐらいだった。

数少ない雲が流れる様子を見ながら、大きく深呼吸する。

空気はどこか土気っぽくて、先ほど潜っていたダンジョンの方が良かったのではないかと錯覚した。しかし、あちらでは晴れ時々ハルピュイアだったから、断然こっちの方が良い。

　空から視線を外し、すぐに家に帰ろうか、いやメッセージを皆に送る方が先か、と考えながら歩き出そうとしたとき、横から声をかけられた。

「お待ちしておりました」

　そこにいたのは、ななみだった。

　いつものメイド服を着て、優雅に一礼している。

「あれ、どうしてここに？　俺帰ってくる時間は分からないって言ったよな？」

　俺が言うと、ななみはフッと笑う。

「私《わたくし》ほどにもなれば、ご主人様が帰還される時間を予測することなど、たやすいことです」

　そんな事を言った。

　なーに言ってんだコイツは。

　ななみはメイド服を押し上げるほどの存在感溢《あふ》れる胸を張り、ドヤ顔している。そんな彼女の横を見てふと気が付いた。

　よく見てみれば木陰に木製スタンドが付いた、自立式ハンモックがあるではないか。その隣には高そうな円形のテーブルに、ティーセットとクッキーのような物が置かれ、本が積んであった。

……予測したんじゃなくて、ずっといたんじゃねえか。

すっと彼女は体をずらし、ハンモックなどを隠そうとする。しかし、ななみの体じゃあ隠せる訳もなく、もちろん丸見えである。

「全く誰ですかね、あんな所で紅茶を飲んでいたのは。邪魔でしょうに」

舌打ちしながら少し苛《いら》立《だ》った様子で言っているが、どう考えてもななみだろう。ていうかアレは紅茶だったんだな。

さて、どうやって論破してやろうか考えていると、不意に後ろから声をかけられた。

「あんた、この子の知り合い？」

その声に振り向くと、そこにいたのは掃除のおばちゃんだった。

「その子さ、二日前からなんだかんだ言ってそこをどかないのよ。邪魔でしょうがないの。早く帰るように言って頂戴《ちょうだい》」

そう言って大きなため息をつきながら去って行く。お疲れのおばちゃんには悪いが、思わず笑ってしまった。おばちゃんに屁理屈《へりくつ》言うななみが、容易に想像出来た。次会ったら、謝っておこう。

ななみはしれっとした顔で明後日の方向を向いていた。

「あっ、ちょうちょ飛んでますね」

「いや、もう諦《あきら》めようか」

「それよりもご主人様！」

どうやら話を変える作戦らしい。まあ、別にそこまで追及する気も無かったしスルーしてしまおう。

「どうした？」

すっと彼女はメイドらしいお辞儀をする。

「四十層攻略おめでとうございます」

そう言われてふと気が付いた。そういえばアレで確認していない。簡単に確実に確認出来る方法があるのにしていなかった。イカロスは倒したし、種は入手したから、攻略されているであろうが、一応見ておこう。

「ああ、そういえばそうだった」

「……四十層を攻略されたのですよね？」

訝《いぶか》しげな表情で俺を見る彼女に、思わず苦笑する。

なんだかそれどころじゃなくて、四十層攻略がどうでも良くなっていた。学生証を取り出し、記載されているダンジョン攻略層を確認する。

そこには『ツクヨミ学園ダンジョン』の横に『四十層』と書かれていた。攻略するだけで自動更新されたんだけど、これの仕組みって一体どうなってるんだろうな。

「ああ、攻略したよ」

それをななみに見せると、ななみの目尻《めじり》が下がり花咲くように笑みを浮かべた。

「素晴らしいですご主人様。しかしお体を見るに、お疲れの様子」

確かに服はボロボロだった。しかし体は綺麗《きれい》だ。回復アイテムの力ってすげー。

「僭越《せんえつ》ながら私《わたくし》が抱きしめまして、なでなでしてあげましょう。疲れが取れること間違いなしです」

ななみはいつものクールな表情で両手を伸ばす。多分冗談でそれをしているのだろう。また、彼女は俺が『何言ってんだ……』なんて言うとでも思っているのだろう。しかし今の俺はそんな事はしない。

「じゃ、遠慮無く」

反応を確認すらせず、すぐさま彼女を抱きしめた。そして俺が、ななみの頭をなでる。包むように優しく。そして彼女の美しい銀髪に俺の顔を埋め、ゆっくり、そして大きく息を吸い込む。

彼女は温かかった。彼女の髪は絹のようにサラサラだった。ななみの匂いだった。

体が温かな物で満たされていく。今まで溜《た》まっていたヘドロのような物がゆっくり浄化されるような気分だった。

そして何より……凄《すご》く嬉しかった。こんなところで二日前から俺を待っていてくれて。

「あ、ご、ごご主人様」

最初はもぞもぞ動いて抵抗していたが、やがて諦めたのかされるがままになっている。最終的には俺の体に彼女の腕が巻き付いていた。

俺がななみを堪能して、ゆっくり体を離すと、彼女は熱に浮かされたように顔を赤くし、ぼうっと俺を見ていた。

「おかげで……疲れ、吹き飛んだよ」

変に抱きしめてしまったのだろう。髪が少し乱れてしまっていた。彼女自身で直す気配が無かったので、俺は彼女に近づいて髪を手ぐしで直す。そして頭をそっとポンポン叩《たた》いた。ななみは何かを言いたそうに上目遣いで見ていたけれど、結局何も言わなかった。

「幸助っ！」

俺がななみの頭をなでていると、こちらに二人の女性が駆けてきた。

制服姿で背中に長刀をくくりつけた先輩。

そしてお嬢様ぶっているはずなのに、おしとやかさを投げ捨て走るリュディ。

そんな二人が満面の笑みを浮かべて、こちらにやってきた。

ドン、と突撃してくるリュディを抱き止める。

「二人とも……どうしてここに？」

連絡などしていないのに。

「ななみから連絡を貰ってな。それで……ななみはどうしたのだ？」

どうやら俺に話しかける前に連絡を入れていたようだ。ホント優秀なメイドだよ。

俺に腕を巻き付けたままのリュディも、ななみを見て首をかしげた。確かにいつもと様子が違う。いつもよりも数倍可愛いななみがいる。まあ俺のせいであるが。

「ななみのことは気にしなくて大丈夫だ。それよりも今って授業中じゃないか？」

昨日来るなら分かる。昨日はテスト休みのため授業は無かった。しかし今日はそうではない。時間的に午後授業がまだ終わっていないはずだ。……もうすぐ終わりそうだが。

「うむ、抜けてきた」

「私もよ」

はっきりそう言われ、嬉しさがこみ上げてくる。

ホント、何してるんだよ。ばっかだなぁ。なんでこんな俺のために。

止めて欲しい。嬉しくて嬉しくて、いつこぼれ落ちるか分からないんだから。

抱きしめる腕を少し強めると、それに応《こた》えるかのようにリュディも力を入れた。

「……ったく、いいんですか？　特に先輩なんて風紀会副会長さんだってのに」

先輩に視線を向けそう言うと、彼女はニヤリと笑った。

「そうだな、テスト期間中だというのに学校をサボり、ダンジョンへ行く生徒に注意がしたくてな」

ははは っ。そんなこと言われたら、何も言い返せないじゃないか。

「ははは っ、すいませんでした」

「まあ、バラしてしまうと抜けても大丈夫な授業を選んでいた」

そう言って先輩は笑う。そしてふぅと一息つくと、目を細め優しい笑みを浮かべた。

「それに心配だったからな……」

「……すみません」

次に来たのは、先輩以上にここに居ちゃまずそうな人だった。こちらにのんびり歩いて来る彼女を見て、思わず噴き出す。

「姉さん？　何してんの？」

今って授業中だろ？　なんでいるんだよ。生徒ならまだしも、姉さん、教師だろう？　今午後授業中だよな。授業無くても、テストの採点とか仕事しなきゃいけないよな？

「帰ってきたって聞いたから」

姉さんもか。姉さんもなのか。クソ、ただ来てくれただけなのに、何でこんなに嬉しいんだろう。

「そっか……じゃあ仕方ないね。帰ったよ、姉さん」

「ん、おかえり」

「四十層攻略したよ」

「うん。そうだとおもった」

「姉さん、今授業中じゃない？」

「知ってる、自習してる」

ばっか。本当に何してるんだよ姉さん。笑いが堪《こら》えられないじゃないか。

それに何より、もう俺の涙腺が限界だっつうのに。もう、嬉《うれ》しすぎるんだよ。なんでみんな、来てくれんだよ。

「こうすけ」

そう言って姉さんは一歩、また一歩と近づいてくる。もう距離がないと思ったら今度は腕が伸びてきて、そのまま抱きしめられた。

「よく、がんばった」

「うん。頑張ったよ、姉さん」

名残惜しそうに離れていく姉さんを見ながら、目頭を拭《ぬぐ》う。

授業をサボった姉さんへの注意は、毬乃さんやルイージャ先生に任せよう。それよりも俺はしなければならないことがある。

「なあ皆、ちょっといいか。その、な。ちょっと伝えておきたいことがあって……」

今この場にいない人には後で伝えなければならないな。

「もう知っているだろうけど、目標だった四十層を突破できました」

後半は想像以上にきつかった。しかしなんとか攻略することができた。成功した要因は何だったろうか。

それは。

「皆のおかげでここまで強くなれました」

毎日の修行のどこかに、必ず誰かがいた。

戦闘での一つ一つの動きに、皆の教えが生きていた。

一人になって追い込まれて確信した。

俺はこんなにも皆に支えられていたんだって。

「くじけそうになったときに、皆の顔が浮かんで、なんとか踏ん張ることが出来たんだ」

何度引き返そうかと思ったか。

何度諦《あきら》めそうになったことか。

何度ピンチを助けてくれただろうか。

未《いま》だ少し顔が赤いななみを、真剣な表情で聞くリュディを、微笑む先輩を、いつも通りの姉さんを。みんなを視界に入れる。

ふと、滝での決意を思い出していた。

俺は彼女達にハッピーエンドを迎えて欲しい。そう思って力をつけようと思った。

それは一方的な思いだった。ただひたすら自分がボロボロになってでも達成するだけの事だと思っていた。

しかし一方的な思いではなかった。こんなにも皆に思われて、助けられて、守りたい人達に力になって貰《もら》えて、好きな人達に力になって貰えて。

ああ、俺は世界で誰よりも幸せなのだろう。

ボロボロのソデで溢《あふ》れてしまった思いを拭う。そしてポケットに入っていた三つのお守りを握りしめた。

さあ、伝えようじゃないか。この溢れんばかりの感謝を。この気持ちを。

可能性の種なんかより、もっともっと大切で、かけがえのない人達へ。

「ありがとう」

九章 『劣等生』瀧音幸助

CONFIG

Magical Explorer
Reincarnated as a Eroge Hero's Friend, I'll live freely with my Eroge knowledge.

疲れという物は、自分が知らないうちに蓄積しているもので、それまで元気であったとしても、何かのきっかけでいきなり襲いかかってくる。

今回の場合は熱いシャワーとふかふかの布団だった。

イカロスとの戦闘や、それに到るまでに蓄積した疲れ。攻略出来るのかなんて、不安から来る心労。

そりゃ、疲れていないわけがない。

ベッドに姉さんがいようが、お構いなしに入り込む。もう眠すぎて部屋を移動するのが嫌だった。姉さんから枕を半分奪うと、すぐさま目を瞑《つぶ》る。

それは、なんだか温かくて柔らかくて、夢見心地な気分だったような気がするけれど、多分、夢でいいことがあったんだろう。布団も隣もなぜか温かかったからすぐ眠ってしまった。

さて、そこまではいい。問題は今だ。

チュンチュンではない。もうすっかり日は空高く昇り、もはやブランチの時間だ。

本当はもっと早く起きる予定だった。普通に学校へ行って、オレンジ頭に「オメー何テストサボってんだよ！」なんて言われながら、伊織《いおり》から呆《あき》れたような冷たい視線で見られゾクゾクする予定だった。

どうやら、ななみが独断と偏見で寝かせていたらしい。俺から怒られる事を覚悟して。リュディのメッセージから分かったことだが、疲れていた俺を心配してわざと寝かせてくれていたようだ。そんな彼女に怒る必要なんてあるだろうか？

ななみ、クラリスさんと少し早い昼食を取ると、リュディ達に今から学園に行くとメッセージを送る。そしてクラリスさんに見送られながら家を出た。

学校に着く頃には、成績が張り出されていることだろう。

学園での俺の立場は一体どうなるのだろうか？　多分しばらく行っていなかったから、忘れ去られているような気もする。しかし、リュディと一緒に歩けばすぐさま思い出されるだろう。ＬＬＬなんかには特に。

今回の件がどう転ぼうと、彼らに敵視されるのは変わらないだろう。しかしそれが軟化するか硬化するかは分からない。ただ、言えることは、どうなっても構わない。ただし。

ちらりと隣を歩くななみを見つめる。

大切な人に危害が及ぶことがあれば、それはもう全面戦争だ。いや、先にリュディが激《げっ》昂《こう》しそうな気がするな。まあななみもファンクラブができてもおかしくはない可愛さだから、そんな事にはならないだろうが。

驚いたことに校門の前にはリュディが立っていた。

彼女は俺を見つけると、姿勢を正し、お嬢様らしく控えめに手を振った。それを見たななみは、

「いつも不思議なのですが、よくバレないものです」

なんて言った。全くもって同感である。

どうやら成績表が魔法掲示板に掲示されたのは昼食の少し前らしい。食事後、皆で見に行こうとしていたらしいが、リュディだけは俺のメッセージを見てこちらに来たらしい。

俺とリュディが並んで歩き、斜め後ろをななみが歩く。

目立たないわけがなかった。皇女リュディヴィーヌ。美少女メイドななみ、ド派手なストール男。

しかし、今日はいつもの突き刺さるような嫉妬《しっと》の視線じゃなかった。羨望《せんぼう》の眼差《まなざ》しでもなかった。

得体の知れないナニカを見るような、畏怖《いふ》や恐怖の視線だった。

すれ違う人々は皆俺を見ていた。普段だったらかなりの人の視線がリュディの方に引きつけられるだろう。俺はついでに睨《にら》まれるといった具合だ。

しかし、今日は違う。皆が皆、俺を見ていた。

ふと横を見てみると、なんだかリュディは嬉《うれ》しそうだった。すぐ側に居た俺がなんとか聞き取れるような小さな声で「いい気分ね」だなんて呟《つぶや》いていた。ななみも、いつも通りの様子だが、どことなく気分が良さそうだった。

全員からこんな視線を向けられるのかなと思っていたけれど、そうではなかった。

「おっ、幸助《こうすけ》じゃん！」

そう呼ぶのはオレンジ達だった。

「お前サボってズリーな、なんて思ったけど、すげぇ事やってんな！　何で俺達をまぜないんだよ」

オレンジだけじゃない。クラスメイトの男子も女子も口々に俺を褒めた。そしてサボりすぎとか、罰として私をダンジョンへ連れてって！　なんて言って、普段の様子で俺と話してこの場を去って行く。

たどたどしかったかも知れない。だって仕方ないだろう。オレンジはもしかしたらと思っていたが、まさかクラスメイトまで、普段通りに接してくれると思わなかったから。こんな悪評だらけの男に。

去って行く彼らを呆然《ぼうぜん》と見ていると、リュディが教えてくれた。

「聖《ひじり》君がね、クラスメイトに根回ししてくれたのよ。後でお礼、言っときなさい」

正直、花邑《はなむら》家に近い人達だけが、俺を偏見の目で見ないと思っていた。でもそうではなかった。

「そっか。わかった。必ず言っておくよ」

しかし、俺には疑問があった。伊織はモブ系の彼女達と仲が良かったのだろうか？　伊織は基本的に女性に対して奥手である。ヒロインに対しては、ある意味で手が早いが。

「なあ、実はリュディも根回しに動いてくれてたんじゃないのか？」

そう考えなければ、女子達も俺に普段通り接してくれなかった気がする。

否定せず、何も言わないことが答えだった。

「そっか、リュディもありがとう」

「……うん。でも私と聖君だけじゃないわよ？」

そう言って彼女は前を向く。そこに居たのはピンクの髪をツインテールにした女性、カトリナだった。リュディを一瞥《いちべつ》すると、カトリナはまっすぐ俺の下へ歩いてくる。彼女はほんの少し苛立《いらだ》っているかのようにも見えた。

「アンタさ、何度しでかせば気が済むわけ？」

多分、彼女は既に見て知っているのだろう。

「何かした覚えはないんだけどな」

「はぁぁ、ったく。まあやるのは構わないわよ。凄《すご》いわね。褒めてもいいっつの。でもちょっとさ、周りのことも考えなさいよ」

そう言うと彼女は俺の前に立ち、指を一本立てると、俺の心臓に押し当ててくる。

「リュディ達がさ、どんだけ心配したと思ってんの？　どんだけアンタのフォローしたと思ってんの？」

「…………そりゃ、ホント感謝しているさ」

ああっと呟きながら頭を掻《か》くカトリナを見て、リュディは堪《こら》えきれないとばかりに笑い出した。

「ねえ幸助。里菜《りな》さんはね、幸助のことを凄く心配してたのよ？　ことあるごとにアイツはそんな奴じゃないって飛びかかりそうなぐらいだったんだから」

カトリナは目をぱっちり開けて、慌てたようにリュディに詰め寄る。

「ちょっとリュディっ、何言ってんのよ？　そんなわけないでしょ、このバカっアホっ」

少し顔が赤いカトリナに、思わず笑ってしまう。まあ、そのせいでキッと睨まれたが。

「心配かけてゴメン。んでさ、色々ありがとう」

チッ、とカトリナが舌打ちをして腕を組む。そして俺から離れると近くの壁に寄りかかった。

「……あんさ、アンタのことがさ、色々噂になってたわけ。それは知ってるわよね？」

「知ってるよ、悪い意味でな」

「アタシはさ、アンタがそういう奴じゃないって分かってたからさ、苛立ったの」

カトリナは小さく息をつく。

「いい気なもんよね、あいつらは。よく知りもしないくせに変なレッテル貼って他人をおとしめて。そんで今回の件よ……。ほんと腹立ったらありゃしないわ」

そう言うと彼女は大きなため息をついた。

「ねえ、ちょっとアンタにさ、聞きたいんだけど……」

「なんだ？」

「今もアンタは……アタシがアンタと肩を並べるくらい強くなると思っている？」

そんなの。

「当然だろ？　ぼやぼやしてると皆に抜かされるからな。だから全力で駆け上がってる」

「……そう」

何かを考えるカトリナ。何を考えているかはなんとなく察した。そんな彼女に俺が出来ることといえば。

「そうだな、俺の知っているダンジョンにさ、結構きっつい所があるんだ。まあ、俺なら余裕で攻略出来るんだが、まあカトリナにとっては……ってダンジョンなんだが、どうだ。攻略してみないか？」

「あん？」

わざと挑発するように、カトリナに言う。決して俺はカトリナに不向きなダンジョンを紹介するつもりはない。むしろカトリナに最適で鍛えるのに適したダンジョンを紹介するつもりだ。

訝《いぶか》しげにこちらを見るカトリナ。カトリナよりも先に、リュディが口を開いた。

「里菜さん。私は良いと思う」

じっとリュディの顔を見ていたカトリナだったが、やがて視線を外し、俺を見た。

「リュディが言うんなら……まっ、暇つぶしに行ってみるわ」

「ああ、行って来ると良い」

俺を超えるんなら超えてくれ、構わない。ただ俺は超えさせるつもりはないが。

「ったく。なんなのよこいつ。腹たつわ」

そして急に小声になる。

「やっぱ伊織にも、アンタにも負けたくないわ」

鋭い視線がこちらに飛んでくる。

「お前の実力も可能性も認めるぜ」

メインヒロイン、加藤《かとう》里菜。彼女は強い。それは俺がよく知っている。そしてそのとおり強くなってもらう。だけど負けるつもりはない。

「あっそ。なら、せいぜい今のうちに天狗《てんぐ》になっておくことね」

そう言って彼女は俺達に背を向ける。そして彼女は手をひらひらさせながら、校舎の方へ歩いて行った。その姿を見て、ふと思う。

「おい、カトリナっ！」

「あん？」

振り向いた彼女に、俺は指輪を投げる。

「色々、ありがとな。そいつはお礼だ。使ってくれ」

魔法掲示板に着くとそこには人だかりができていた。辺りは喧騒《けんそう》に包まれていたが、俺を見つけた人々から、まるで池に石を投げ入れた後の波紋が広がるように沈黙が伝播《でんぱ》し、視線が集まってくる。

そして俺が数回呼吸する間に、辺りは静寂に包まれた。

皆の視線がこちらを向いていた。俺達は彼、彼女らを無視し、掲示されている文字が見えそうな場所へ移動する。すると、目の前にいた人々は左右に分かれ、まるでモーセのように、道ができた。

歩いている最中、誰かが呟いた。

『あれが、瀧音《たきおと》幸助』

RANKING BOARD

1 瀧音幸助

ROYAL

KOUSUKE TAKIOTO

順位	学科試験	実技試験	合計点数	攻略階層
	0 点	0 点	0 点	SOLO 40 層

2 ガブリエッラ・エヴァンジェリスタ

GABRIELLA EVANGELISTA

順位	学科試験	実技試験	合計点数	攻略階層
	96 点	84 点	180 点	- 層

3 リュディヴィーヌ・マリー＝アンジュ・ド・ラ・トレーフル

LUDIVINE MARIE-ANGE DE LA TRÈFKE

順位	学科試験	実技試験	合計点数	攻略階層
	84 点	92 点	176 点	- 層

なんだか面白かった。ランキング上位の人々が、テストで超高得点を取っているのにもかかわらず、俺だけ０点だった。合計点数だけ見れば、圧倒的ビリだった。しかし、俺がトップに立っていた。

俺が出会っていて上位に表示されていた一年生の高得点者は、リュディと伊織だ。どうやら伊織は本当に頑張ったようで、五位という高順位だった。一周目主人公ではかなり良い方ではなかろうか。

俺達が帰ろうか、と話していると、水を打ったように静まりかえったこの場で、俺を呼ぶ声が聞こえた。

「幸助君！」

人混みをかき分けて現れたのは伊織だった。どうやら彼も見に来ていたらしい。

「一位おめでとう！　ほんとスゴイや、幸助君は」

そう言って満面の笑みを浮かべる伊織に癒《い》やされる。思えば伊織にも色々お世話になった。そのお礼を言う前に、まずは。

「伊織、ちょっと移動しようか」

この畏《い》怖《ふ》の視線に巻き込むのは本意ではない。

歩きながら俺は伊織に話しかける。

「いろいろしてくれたんだってな、ありがとう」

そう言うと伊織ははにかんだ笑みを浮かべ頬を掻《か》く。

「どういたしまして………でもさ、先に説明して欲しかった。だって幸助君テストに来ないからすっごく心配したんだよ！　最初病気になったかと思ったんだから」

大失態である。こんなに心配させるなら前もって伊織にも説明しておくべきだった。

「でも、本当にびっくりしたよ。だって学校に来てないのに、本当に一位取っちゃうんだもん」

思わず笑ってしまう。確かに、普通なら絶対にあり得ないよな。

「だから言っただろ？　一位取るって」

「そうだねぇ」

「それにお前だってすげーじゃん、五位だろ？　俺が普通にテスト受けてたら、その成績は絶対無理だ」

赤点は取らないけれど……その……。なんて口に出すのがためらわれる微妙な点数になってもおかしくはない。

「うーん、確かに凄いと言われる点数かも知れない。でも、僕はさ、思ったんだ」

「何をだ？」

「いろんな人から否定の眼差《まなざ》しを受けても自分を曲げず、ひたすら強くなって行く幸助君がとっても凄いなって。でも、僕はそんな幸助君を超えたいなって」

彼は真剣な表情で俺を見る。

超えたい、か。ああ、お前なら場合によってはできるだろう。しかし。

「そうか。でも俺は譲るつもりは全くないぜ」

そう言ってニヤリと笑う。

なれるもんならなってみろ。俺はこのまま走り続け、お前が届かないくらい先に行って最強に到ってやる。

「うん、そう来なくっちゃ」

二人で笑う。と、そんなときだった。

「あっ、おにぃちゃーん」

その声を聞いて、俺も伊織もビクリと体を反応させた。

「えっ、えぇぇぇええ！　な、なんでここに⁉」

俺と伊織は反応した理由が違うだろう。伊織はどうしてここに居るのかと狼狽《ろうばい》して、俺は何度も色々とお世話になった声を、リアルで聞いて。

「うん。色々あってこっちに編入しちゃった♪」

可愛らしく舌を出し首を少しかしげる。なんてあざといんだ。

さてと。ついに、彼女が来てしまったか。いずれ登場することは分かっていた。

「あれ、もしかしてお話し中でした？」

彼女は俺達に体を向け、ぺこっと頭を下げる。

「ごめんなさいっ！」

「ああ、気にしなくていいよ。頭を上げてくれ。初めまして。俺は伊織のクラスメイトで友人の瀧音幸助って言うんだ。彼女はリュディヴィーヌ、こっちが」

「幸助ご主人様に忠実であり至高の美少女メイド、ななみです」

なんか突っ込みたいとこあったけど、まあいいや。あ、彼女も顔が一瞬引きつった。

リュディにちらりと視線を向けると、いきなり現れたので混乱しているようだ。まあ仕方ないだろう。ななみはなんだかよく分からんボケをかますくらい普通だ。

「あっ、ごめんなさい。名乗らずに」

ぺこっと小さく礼をする。そして少し上目遣いで俺を見ながら首をかしげ、目に掛かった前髪をわざとらしく耳にかける。そして俺の顔を斜め下から覗きこむとにこぉ〜っと笑う。

うーんやっぱりあざとい。しかし、このあざとさが、とても彼女らしくて逆に安心してしまう。

さて、これから伊織と絡むなら彼女とも絡む事になるだろう。

マジカル★エクスプローラーのゲームパッケージに写るメインヒロインの一人で、リュディ並みの強さを持つこともできる伊織の義妹。

「この学園に編入することになりましたぁ、聖伊織の義妹《いもうと》、聖結花《ゆいか》です！　これからよろしくお願いします！」

十章　水守雪音の予言

―雪音《ゆきね》視点―


「緊急の三会会議……のう」

紫苑《しおん》が楽しそうに呟《つぶや》く。急に呼び出されたというのに、機嫌は良いらしい。

「理由は分かりきっていましたが、やはりそうでしたね」

眼鏡を直しながらフランは話を合わせる。

「雪音はこうなることを知っておったのかえ？」

「ああ」

ツクヨミトラベラーを取り出し、公開されている情報を確認する。

「妾《わらわ》は何度見ても信じられんぞ」

「そうですね、期間を考えれば現在の私たちでも無理でしょう。いったい彼はどういった攻略をしたの？」

驚天動地とはまさにこのことを言うのだろう。

学園内はこの話題以外無いというぐらいに、彼の噂で持ちきりだった。ファンクラブ持ちの彼女達以外に、これほどまで噂になる者は今まであっただろうか？

きっかけは一学年の順位表。それを見た一部の人々が噂を拡散、そして夕方頃にツクヨミトラベラーへ配信された新記録のお知らせで、学校全体が知ることとなった。

記録はおかしすぎる。おかしすぎた。四十層なんてばかげてる。たった七日で、しかもそれをソロでしているという事が、何よりも私達を戦慄《せんりつ》させる。

　これを見た二、三年の生徒達の大多数は誤送信だとか、バグだと勘違いしたことだろう。

だが。

　しかし瀧音《たきおと》は本当に成し遂げたのだ。

　これが本当だと知って、一年生よりも私達二、三年生や教師達の方が驚きは大きかったことだろう。

　四十層のつらさは、二、三年生なら痛いほど理解していた。一朝一夕で行ける場所じゃない。モニカ会長が付いていたとはいえ、私達ですら苦労してたどり着いたのだ。今の瀧音ではボスには勝てるかもしれないが、道中でギブアップするのではないかと思っていた。

そんな彼を見て思った事があった。

「私はモニカ会長を超え最強になろうと思う」

　モニカ会長を超えたいと思ったのだ。モニカ会長を超えて、頂点に立ちたい。そして学園最強として瀧音の前に立ちはだかりたいと。

　瀧音は必ずそこまで登ってくるのだから。

「雪音。急にどうしたんですか、モニカ会長を超えたいだなんて？」

「私は……今のうちに、最強になっておきたいんだ」

　鈴音《すずね》姉さんとの約束もある。そしてなにより彼の目標であり続けるために。

　一瞬辺りがしんとなる。

　フランは笑わなかった、からかってくることもなかった。真剣な表情で私を見ていた。

　そして……。

「ははは、はははははっ」

　不意に、紫苑は笑い出す。

「雪音よ。それは叶《かな》わぬ夢よな」

　紫苑は開いていた扇子を閉じる。

「確かに雪音は会長を超えられるやもしれん、しかし最強は無理じゃ……なぜなら最強になるのは…………妾じゃからのう」

　紫苑はそう言って私の前に立つ。

「妾はお主の強さを認めておる。才能もな。じゃが」

口角を上げ、不敵な笑みを浮かべた。

「妾はお主に勝てないと思ったことは、一度たりともない」

それは肉食獣が舌なめずりしながらこちらを見るような、そんな笑みだった。私は向けられるその視線に視線で返す。

私達が口を開く前に口を開いたのはフランだった。

「雪音も紫苑も何を言ってるんでしょう」

私達の視線が同時にフランに向く。

「あなたたちはここに私が居るのを忘れていませんか？」

「フラン……」

紫苑は呟く。

「私だってあなたたち二人の才能も実力も、並ではなく、トップクラスだと思っています。今後の学園を引っ張る優秀なリーダーとなれることもそうですし、二人は更に強くなるでしょう」

フランは眼鏡をあげ直すと小さくため息をつく。そして私に視線を移す。彼女の瞳《ひとみ》と私の瞳が交差する。

「今の雪音には以前の雪音に感じられなかった意思を感じます。紫苑は式部会に入会してから人一倍努力しているのを知っています」

フランは目を閉じながら深呼吸する。

「しかし、最近の躍進は目に余ります。きっかけはいつからでしょう……街にダンジョンが出現したあたりからですかね。雪音が少し変わって、それを見て紫苑も更にダンジョンへ行くようになって……」

「フラン？」

「私にとって二人はある意味で目標でした。常に上昇志向で強くなろうとする紫苑。自分に厳しく厳格に修行をする雪音。そしてその結晶とも言える実力を持っていた」

いや、紫苑だけではない。フランもだ。

「フランだってダンジョン攻略に、生徒会に心血を注いで取り組んでいるじゃないか」

モニカ会長と一緒にダンジョンに潜り、様々な事を教わり修行しながら学園の事をしっかりこなす。非常に真面目で、それでいて……才能がある。私が抜かれてしまいそうだと思うくらいには。

「何を吐《ぬ》かすか。お主も妾のライバルじゃ。妾はお主の事を侮ったことは一度もない」

そう、彼女は強い。

妾が最強なんじゃがな！　と笑う紫苑を横目に、フランは優しい笑みを浮かべた。

「ええ、私なりに毎日を真剣に過ごしています。私だって強くなっているんです。だから」

彼女は目を開き、私達を見据える。

「お二人に負けるつもりはありません。もしあなたたちが最強になるならば、私は二人を超えて最強になるでしょう」

フランはそう言うと眼鏡の位置を直す。そして、

「行きましょう。会長達が集まる前に会議の準備を終わらせないといけません」

そう言って歩き出した。

準備を終えて会長達が入ってきたのはそれから二十分後のことだった。

数回のノックがあり、一人の女性が会議室に入ってくる。

「どうやら私が最後の……いえ、先生が来てないわね」

モニカ生徒会長は私達の顔を見てそう言った。

室内に居るのは私と風紀会会長職の聖女ステフ隊長、式部会会長職のベニート卿《きょう》、式部会副会長職の紫苑、そして生徒会副会長のフラン、入室したモニカ生徒会長。

三会の会長職及び副会長職がこれで全員そろった。

まあ、本来ならあと一人居るべきなのだが、あの人が遅れてくることはよくあることだ。

モニカ会長もそれは承知の上なのだろう。

彼女達が着席したのを見て、フランはモニカ会長に用意していたコーヒーを出す。

「さて、今回緊急で集まった理由は……言わなくても分かるわよね？」

「彼の一件、だろうねぇ」

ベニート卿はそう言って、はははっと笑う。議題は、ここに来た誰もが理解しているであろう。

「瀧音幸助《こうすけ》。解禁と同時にダンジョンへ突入。二学年の目標である四十層をソロで、それもたったの一週間で攻略。化け物としか言い様がありません」

フランは眼鏡をクイッと上げると、手に持った資料を皆に配る。

書いてある内容は瀧音に関する個人情報だった。しかし。

「なんでしょうね、これ。ほぼ不明ではありませんか。見る価値もありませんね」

「それを言ったら貴女《あなた》もでしょ、聖女ステファーニア」

モニカ会長にそう言われたステフ隊長は、紙をぽいと投げると、椅子に寄りかかる。そして席の前に置かれていたコーヒーに口をつけた。

普段から猫を被《かぶ》っているステフ隊長も、ここでは素のトゲトゲしさが出てくる。この変わり様を三会以外の生徒達が見たら、間違いなく幻滅するであろう。逆にこの会長達の中で一番空気を読んで気を遣ってくれるベニート卿を見れば、学園内で蔓延《まんえん》している悪評が消え失《う》せるに違いない。

「ですが口頭で伝えられるより、紙で見た方がより意識してくださるでしょう？」

フランはそれ以上言わなかったが、後にこう続くだろう。「彼が色々特殊であることが」と。

学園生の情報は、三会メンバーにある程度まで公開される。もちろんプライベートに踏み込みすぎない程度にだが。

しかし一部の人間はそのある程度すら公開されず、本当に最低限しか知る事ができない。それが各国の要人《VIP》であったり、その子供だったりすれば、その可能性が高い。

皇女であるリュディなんかは、瀧音とほぼ同じくらい不明になることだろう。

コホンとモニカ会長が咳払《せきばら》いする。

「情報は公開しました。では、まずは真っ先にしなければならないことから相談しましょう」

「一年生への注意喚起だろうねぇ！」

ベニート卿が楽しそうに言う。

「自分も出来るなどと戯言《たわごと》を吐かす、愚か者が氾濫《はんらん》しそうじゃな」

扇子で自身を扇《あお》ぎながら、紫苑はそう言った。笑顔なのが紫苑らしい。

「アイツにできるなら、僕も私も……容易に想像出来るねぇ♪」

ベニート卿の言う通り、そう思うヤツは少なからず居るはずだ。しかしその結果最悪の事態になったら……目も当てられない。

「ただ僕たち式部会が言うのは確実に悪手だね。そこは生徒会に任せるよ」

「ええ、もちろんね。ベニート君が言ったら逆に突入しちゃう子が出そうだし」

モニカ会長が笑いながらそう言った。

「だろうねぇ、僕たちは少し活動を自粛しようか」

「そうじゃの」

ははは、ほほほ、と笑う式部会メンバー。

ふと、和気藹々《わきあいあい》と話す彼らを見て、生徒達はどう思うのだろうか、そんなことを考える。三会とは何かと考えるんだろうか。

「本当に止めなければいけないのかしら？」

そう言ったのはステフ隊長だった。笑い声が途絶え、場がしんとする。紫苑やフランの鋭い視線がステフ隊長に突き刺さった。

「いいじゃない、彼らに挑ませれば。いい教訓でしょ？」

「それで命を散らしでもしたら、そちはどう責任取るのかえ？」

「紫苑さんと同意見です」

はあ、と思わずため息をつく。このやりとりを見て思うが、式部会に一番向いているのは間違いなくステフ隊長だろう。聖女というメンツもあって、こちらに来てしまったが。

「まあまあみんな落ち着いて、目の前においしいコーヒーがあるよ。フランちゃんが淹《い》れてくれたのかな？」

「ええ、そうですよ。ベニート卿にそう言っていただけると嬉《うれ》しいです」

　確かに美食家でもあるベニート卿にそう言って貰《もら》えることは嬉しいであろう。

「フランちゃんのコーヒーは上品な香りが引き立ってるよね…………ステファーニア様、コーヒーをどうぞ？　それと一理ございますが、もう少しお優しいお言葉でお願いいたします」

「一年生が無茶《むちゃ》な攻略をしないように、注意喚起は私達生徒会がするわ。もしもの時は風紀会、式部会にも協力を依頼するから。よろしくね」

　荒れそうな場だった。しかしベニート卿がすぐに沈静化させる。そしてモニカ会長はすぐに話を変えた。

「次の問題は、彼の扱いね」

「うーん、三会に推薦は確実だね。来る前にちょっと噂を聞いて思ったんだけど、個人的には式部会が一番いいと思うんだ。こちらに来て貰いたいんだけどなぁ」

「ま、それは本人次第じゃな。我らは特殊な立場じゃしの。まあ式部会を選ばないにしても、妾《わらわ》としては興味があるし、どこかの会には所属して貰いたいものじゃ」

　そう言って紫苑は扇子を広げると、口元を隠しながら私を見つめた。モニカ会長もこちらを見ている。

紫苑とモニカ会長は以前私と瀧音がリュディを助けるためにダンジョンに突撃したところを見ている。紫苑のことだ、どうせ私が彼のことを理解しているからにやけているのだろう。

いや、ここに居るメンバー全員が、私と付き合いがあることぐらいは調べていそうだ。

「式部会は難しいのではなくて？　実力は申し分ないでしょう。だけど彼にはそれ相応の権力とか地位はあるのかしら？」

瀧音がらみで仕事が増えそうだからか、少し面倒くさそうに言うステフ隊長。

「風紀会への所属も難しいのでは？　彼は授業にほとんど出席していないと申しますし。風紀会の概念が壊れそうな行動をしていますし。誘うとしたら……生徒会でしょうか？」

資料を目にしながらフランはそう言う。

「なら、分かりそうな人に聞いてみましょう」

モニカ会長が私に視線を向けると、つられるように全員の視線が私に集まった。

わざと黙っていたけれど、聞かれてしまったし、答えてもいいことを答えるとしよう。

「瀧音なら生徒会も風紀会も式部会も、どれでもこなせるだろう。あいつは根が真面目な人間だ」

瀧音がどれをやりたいかはともかく、やろうと思えば全てこなせるだろうと思う。

「でも式部会は地位も必要よ？　無いと相当ツライでしょう」

　モニカ会長の言うとおりだ。

「それこそ全く問題ない。彼に手を出すことは、複数の国にケンカを売ることと同義だ。保護者もこの学園にいるしな」

「ええ、本当かい？　複数の国にケンカって聖女様やリュディヴィーヌ様並みの重要人物ではないか。そんな大層な人が……？　いや、そうか……でも、まさか？」

　ベニート卿は察したらしい。

「今から来るだろうから、直接彼の事を確認するといい」

「今から来るってまさか!?」

　ちょうどそのときだった。タイミングを見計らったかのように彼女が入室したのは。

「ごめんねー遅くなって」

　現れたのは、花邑《はなむら》毬《まり》乃《の》学園長だった。

「緊急会議ですってね、予想できるけど、議題は？」

　その問いに私が答える。

「瀧音の事です」

　カラカラと笑うと、毬乃さんは席に着く。そして、

「やぁっぱり、そうだと思ったわ。すごいでしょ、うちの子」

　なんてさらりと言った。

その言葉と同時に場の空気が凍り付いたのがわかる。

知り得なかったのだろう。

「そう、瀧音幸助は、花邑家の血を引く人間だ」

皆が絶句していた。フランに至っては口を半開きにしている。

しかし私と毬乃さん以外に一人だけ、普段と変わらない様子の女性がいた。

彼女、モニカ生徒会長は小さく息をつくと、私に視線を向けた。彼女だけはその場の雰囲気とは真逆で、普段どおり悠然としていた。

「雪音。貴女に問うわ。瀧音幸助はどんな人？　彼をよく知っているであろう、貴女の言葉で聞かせて」

そう問われてふと考える。

彼はいったいどんな人か。努力家で、研究家で、たまに馬鹿で、ちょっと視線がいかがわしい所があるが一応誠実で、何より他人を大切にするヤツだ。それで私と同じで抹茶が好きで、意外に料理もできて、一緒にいると楽しくて………。

ふふっ。何を考えているのだろうか、私は。

どう考えても、モニカ生徒会長はそんな言葉を求めていない。

瀧音幸助か。

不思議なヤツだ。私達とは見ている視点が違うような気がする。一体彼はどんな世界を見ているのだろうか？　私が同じ場所に立っても、同じ世界は見えるだろうか。彼の見る世界を見てみたい。

なんとなくだが、金銀宝石のある煌《きら》びやかな世界ではなさそうだ。

それは広大で、あたり一面美しい草花に溢《あふ》れているような気がする。それに美しい滝があって、それを受け止める小川があって。

ふと、あの滝での出来事を思い出した。

そのとき瀧音が言った言葉を思い出した。ダンジョンでも言っていたじゃないか。ＬＬＬの生徒に絡まれたときにも言っていたじゃないか。

そうだ。とてもぴったりな言葉があるじゃないか。瀧音が自分自身で何度も言っている事だ。

それは彼を知るもの以外には荒唐無《む》稽《けい》だった。抱腹絶倒だった。昔だったら皆がその言葉を笑い飛ばした。しかし今は違うし私はそうなると思っていること。

ははっ。

こういう言葉が思い浮かび、そして彼に似合うだなんて思うのは、私も彼に毒されてしまったからなのだろう。

でも、悪い気は全くしない。むしろ心地いいだなんて、毒されているのに喜んでいる自分がいる。そして、もっと毒されてみたいと思うなんて、これはもう取り返しがつかないな。

さて、言うことは決まった。ただし、どうせなら瀧音になったつもりで言ってみようか。瀧音らしい言葉なんだから、やはり瀧音らしく言うのが良いだろう。

頭の中に瀧音の顔が浮かぶ。そう、彼はこういった大事な場面では、自信に満ちあふれた様子で、さらりと言ってしまうんだよな。

「瀧音幸助は……」

現時点で学園生最強のモニカ生徒会長に顔を向けると、不敵な笑みを浮かべる。

「この魔法学園で最強になる男だよ」

あとがき

ごきげんよう。音信不通の入栖《いりす》です。

公式ツイッターが始まりました。ななみとの掛け合いとかも載せる予定です。よろしければフォローお願いします。↓ https://twitter.com/Majieku_ (@Majieku_)

——謝辞——

神奈月《かんなつき》先生、いつもありがとうございます。ルイージャ先生、結花《ゆいか》、フラン、紫苑《しおん》。全員のデザイン全てがもう完璧《かんぺき》です。また雪音《ゆきね》先輩が本当に素晴らしい。特に九頭竜を見た瞬間は心肺停止してました。

続いてコミカライズをして下さっている緋賀《ひが》先生。瀧音《たきおと》達が漫画で生き生きと描かれ本当に素晴らしいです！　早く続きが見たい……！

そしてコメントを下さった、丸戸《まると》史明《ふみあき》先生、田中《たなか》ロミオ先生、東出《ひがしで》祐一郎《ゆういちろう》先生。エロゲ界におけるそうそうたるメンバーに拙作を読んでいただけるだけで幸せなのに、コメントまでいただけ、本当に感無量です。それもずっとファンだった皆様に……。ラノベ作家になって本当に良かったと思いました。今も夢を見ているような気分です。

そして装丁デザインの杉山絵《すぎやまかい》様。いつも素晴らしいデザインありがとうございます。あのウィンドウシステムや矢印やゲーム的デザインは大好きです！

またＭＡＤ動画でお世話になりました、ave;new／あべにゅうぷろじぇくと様、神月《かんづき》社《やしろ》様、Lump of Sugar 様、関係者の皆様ありがとうございます。まさか何度見たか分からないあの『きしめん』とコラボ出来るとは……。本当に嬉《うれ》しいです。

編集の宮川《みやかわ》様。普段の原稿確認、校正等だけでなく動画作成などの調整、ありがとうございます。ただ気になる事があって、普通に土日も仕事メール来るし、夜中に電話しても普通に仕事してますよね？　倒れないで下さいね。倒れたらそこでマジエクは完結です。

最後に。お買い上げ下さった読者の皆様。誠にありがとうございます。あなた方のおかげで今の入栖があります。よろしければこれからもお付き合いいただければ幸いです。

――その他――

私事ですが、本日は相談したい事がございます。

入栖は様々な描写をする際によくインターネットで画像検索をしています。

例えば風景。自然を詳しく描写したければ、やはりその風景を見ながら書きたいと思ってしまいます。出来ることならその場所や似た場所に行ったりもします（文章量が多い場合は削減の対象になりますが）。

さて、今回の巻は特に重要な描写がありました。お読みになった方はお分かりでしょう。

そうです、ショーツです。

考えるまでもなく当然ですよね。ショーツの描写に力を入れず、いったい何に力を入れれば良いのか、そう思うぐらいです。そうなれば一体どうしますか？

まあ知り合いに『ショーツ見せて』と正々堂々火の玉ストレートを中心に投げ込んでも良いのですが、ピッチャー強襲されるどころかバットでぶん殴られる事すらあり得ます。最悪私自身が炎上ですね。

私も大切な物（物理的にも世間的にも）を無くしたくはないので、もちろん却下です。なればどうするか。答えはすでに出ていますがインターネットで検索です。インターネットという物は便利で、男性でしかも家でこっそりとショーツを回覧出来ます。

しかしこれにはとても大きな、大きな欠点があります。知っていらっしゃる人も多いと思いますが（Ｗｅｂ版を読んでいた方は私がぼやいていたのをご存じかも知れません）、実は検索履歴や閲覧履歴というのは収集されており、その履歴からオススメの商品を紹介してくるのです。あまりにショーツを検索しすぎた入栖がどうなるか、もう分かりますよね。

ええ、Ｗｅｂ広告がショーツだらけになりました。

しかし別にそれは悩みではありません。それはどうでも良いのです。思春期の姪《めい》に、こいつなんでショーツの広告だらけなの？　なんて奇怪な視線で見られても何も思いません。

しかし閲覧履歴から来る広告に私の心を揺さぶるヤバイ物があるんです。検索していたので出てもおかしくはないと思っていました。それは可愛くて、抱きしめたくなる奴です。

ええ、そうですポ〇モンの人形です。

正直ショーツは見るだけで色々なんとかなりますが、ポ○モンの人形はそうは行きません。

そのつぶらなひとみでこちらを見たかと思えば、その柔らかなほっぺですりすりしてくるんですよ。今だって、Ｗｅｂ広告のコーナーにはポ○モン人形達が映っていて、そいつらの目が訴えてくるんです。ぼくと契約して、ポケ○ンマスターになろうよ！

しかし、私はしがないおっさんです。昔は小さな甥《おい》姪と楽しくゲームに興じておりましたが、今となっては『え、三十超えてるのにポ○モン？』だなんて視線を投げてくることもあります。あいつらは僕達がいつまで経《た》ってもポ○モントレーナーだって事を知らないんだろうな。（至言）

いや、子供達の目線なんてどうでも良いんです。私は将来を考えお金を節約しなければなりません。しかし日々のラノベ代とゲーム代を捻出《ねんしゅつ》するので精一杯。これ以降は食費などで身を削らなければならない。だが、それは避けたい。だからこそ鋼の意思であらがっているのです。さて……ここまで話せば相談したい内容は察せられたかと思います。

ええ、ご想像の通りです。

部屋に人形が増えすぎたんですが、どこに保管するのが良いでしょうか？

やはり担当編集さんの家に居候ですかね。

入栖

個人的に 幸助となななみのコンビは
最高だと思うのですよ
神奈月昇

マジカル★エクスプローラー

エロゲの友人《ゆうじん》キャラに転生《てんせい》したけど、ゲーム知識使《ちしきつか》って自由《じゆう》に生《い》きる 3

著　入栖《いりす》

角川スニーカー文庫　22268

2020年８月１日　初版発行

発行者　三坂泰二

発　行　株式会社KADOKAWA
〒102-8177 東京都千代田区富士見2-13-3
電話　0570-002-301（ナビダイヤル）

印刷所　株式会社暁印刷
製本所　株式会社ビルディング・ブックセンター

◇◇◇

●お問い合わせ
https://www.kadokawa.co.jp/（「お問い合わせ」へお進みください）
※内容によっては、お答えできない場合があります。
※サポートは日本国内のみとさせていただきます。
※Japanese text only

Printed in Japan　ISBN 978-4-04-109541-6　C0193

★ご意見、ご感想をお送りください★
〒102-8177 東京都千代田区富士見 2-13-3
株式会社KADOKAWA　角川スニーカー文庫編集部気付
「入栖」先生
「神奈月 昇」先生

[スニーカー文庫公式サイト] ザ・スニーカーWEB　https://sneakerbunko.jp/

角川文庫発刊に際して

角川源義

第二次世界大戦の敗北は、軍事力の敗北であった以上に、私たちの若い文化力の敗退であった。私たちの文化が戦争に対して如何に無力であり、単なるあだ花に過ぎなかったかを、私たちは身を以て体験し痛感した。西洋近代文化の摂取にとって、明治以後八十年の歳月は決して短かすぎたとは言えない。にもかかわらず、近代文化の伝統を確立し、自由な批判と柔軟な良識に富む文化層として自らを形成することに私たちは失敗して来た。そしてこれは、各層への文化の普及滲透を任務とする出版人の責任でもあった。

一九四五年以来、私たちは再び振出しに戻り、第一歩から踏み出すことを余儀なくされた。これは大きな不幸ではあるが、反面、これまでの混沌・未熟・歪曲の中にあった我が国の文化に秩序と確たる基礎を齎らすためには絶好の機会でもある。角川書店は、このような祖国の文化的危機にあたり、微力をも顧みず再建の礎石たるべき抱負と決意とをもって出発したが、ここに創立以来の念願を果すべく角川文庫を発刊する。これまで刊行されたあらゆる全集叢書文庫類の長所と短所とを検討し、古今東西の不朽の典籍を、良心的編集のもとに、廉価に、そして書架にふさわしい美本として、多くのひとびとに提供しようとする。しかし私たちは徒らに百科全書的な知識のジレッタントを作ることを目的とせず、あくまで祖国の文化に秩序と再建への道を示し、この文庫を角川書店の栄ある事業として、今後永久に継続発展せしめ、学芸と教養との殿堂として大成せんことを期したい。多くの読書子の愛情ある忠言と支持とによって、この希望と抱負とを完遂せしめられんことを願う。

一九四九年五月三日

Next Scene
次回予告
Magical Explorer 4
マジエク主人公・聖伊織の義妹が、
波乱を巻き起こす……!?
マジカル★エクスプローラー
—Title
Magical Explorer
エロゲの友人キャラに転生したけど、ゲーム知識使って自由に生きる
Reincarnated as a Eroge Hero's Friend,
I'll live freely with my Eroge knowledge.
4
—Volume
2020年初冬、発売予定!!
最新情報は特設サイトで!

世界最高の暗殺者、異世界貴族に転生する
The world's best assassin,
To reincarnate in a different world aristocrat
月夜 涙
画 れい亜
"伝説の暗殺者"、異世界で無双
最強×無敵の
アサシンズ・ファンタジー——！
特設
サイトは
▼コチラ！▼
世界一の暗殺者が、暗殺貴族の長男に転生した。現代であらゆる暗殺を可能にした知識と経験、そして暗殺者一族の秘術と魔法。その全てが相乗効果をうみ、彼は史上並び立つ者がいない暗殺者へと成長していく!!

スニーカー文庫

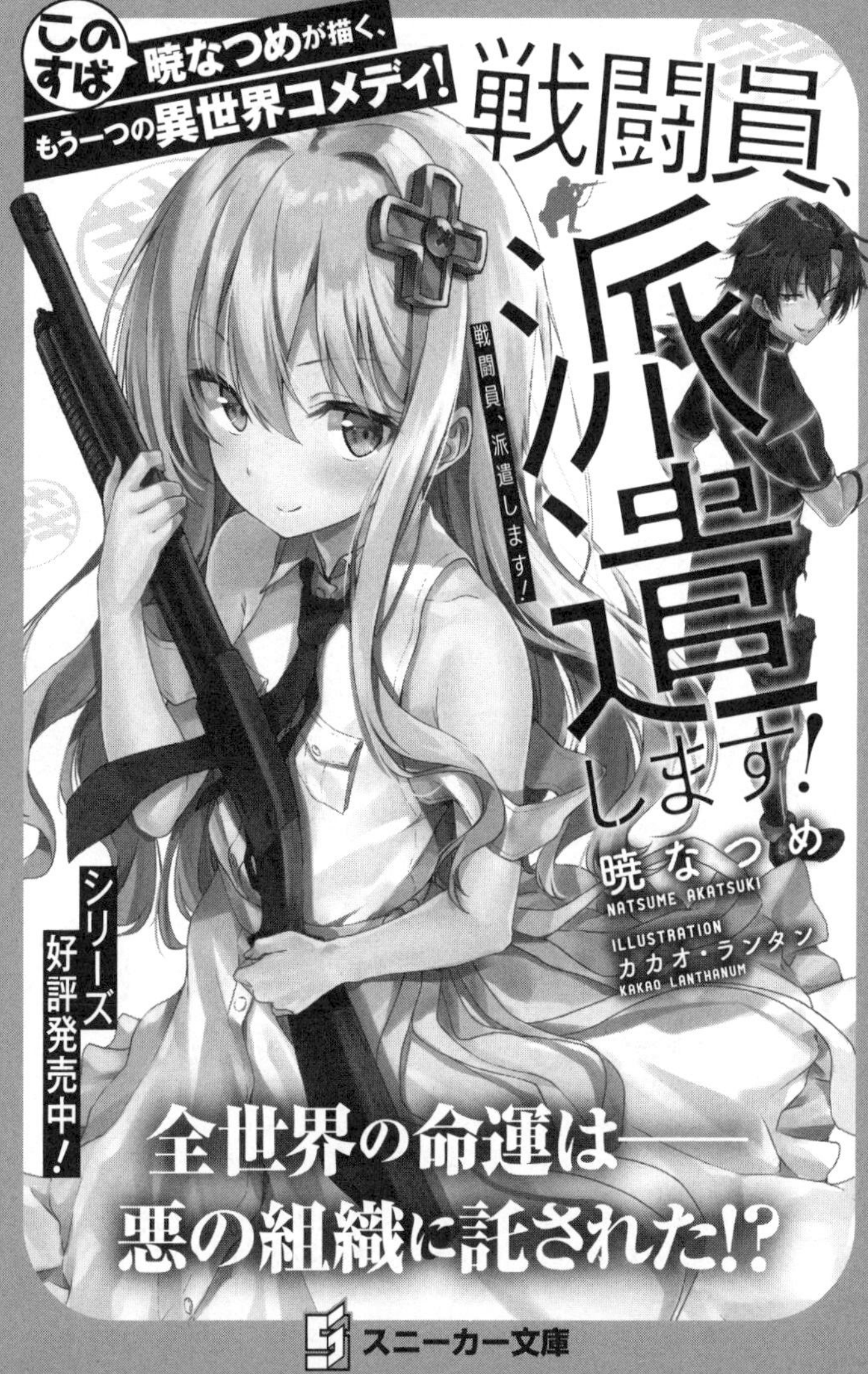

このすば
暁なつめが描く、
もう一つの異世界コメディ!
戦闘員、派遣します!
戦闘員、派遣します!
暁なつめ
NATSUME AKATSUKI
ILLUSTRATION
カカオ・ランタン
KAKAO LANTHANUM
シリーズ好評発売中!
全世界の命運は——
悪の組織に託された!?
スニーカー文庫